KB196901

보름달이 뜬 밤에
너를 찾다

MANGETSU NO YORU NI KIMI WO MITSUKERU
Copyright © Yozora Fuyuno 2019
Korean translation rights arranged with Starts Publishing Corporation
through SB Creative Corp., Tokyo, Japan UNI Agency, Inc., Tokyo, and
ERIC YANG AGENCY, Seoul

후유노 요조라 장편소설
김지혜 옮김

보름달이 뜬 밤에
너를 찾다

중학교 졸업 후,
고등학교에 입학까지 주어지는 공백의 시기.
당시 내 소원은 단 하나였다.

"…이제 다시는 소중한 사람을 잃고 싶지 않다."

그것이 전부를 잃은 나의 유일한 소원이었다.

차례

프롤로그

행복이란 뭘까?

이 주제는 자주 화제에 오르지만, 명확한 답을 내놓을
수 있는 사람은 없다. 즉, 행복에 대한 정의는 어렵다고
할 수 있다.

돈이 행복이다, 친구의 존재가 행복이다, 연인과 함께
할 수 있는 시간이 행복이다, 장수가 행복이다…….

행복은 개인에 따라 달라지는 감정에 불과하다. 아주
불행하다고 느끼는 사람도 자기보다 불행한 타인을 보면
안심한다. 그렇게 아주 조금 구원받는다.

그러다 보면 실제로 불행한 사람과 행복한 사람이란
서로의 양극단에 존재하는 두 종류의 인간뿐이라는 생각
이 든다. 아무리 불행한 사람이라도 남은 인생에 좋은 일
이 생기면 행복하다 할 수 있고, 아무리 행복한 인생이라
도 일찍 죽어버리면 의미가 없다.

위인 중에는 요절하는 사람이 많다고 하는데, 어쩌면
세계는 그런 방식으로 균형을 유지하고 있을지도 모른다.
죽은 후에 돌아보면 인간의 행복은 모두 비슷하게 조절되
고 있을 것 같다.

다만 살아 있지 않다면 행복을 느낄 수 없으니, 상대적
으로 볼 때 죽음이란 역시 불행이다.

그렇다면 '삶' 그 자체를 행복이라고 정의해 보자. 삶은 고통이라 말하는 사람이 참 많지만, 이 정의는 어디까지나 가정에 지나지 않는다.

　만약 이 세상에 행복해질수록 생이 짧아지는 사람이 있다면 어떨까? 행복해질수록 수명이 줄어든다면 어떻게 해야 할까?

　삶과 행복, 어느 쪽을 선택하는 것이 정답일까?

　나는 마음속으로 질문을 던지며 작품명 〈달과 태양〉, 작가 '미나즈키'라고 적힌 그림을 바라봤다.

제1장

투명한 동급생

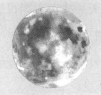

내 옆자리는 항상 비어 있다.

한 줄에 다섯 명씩 총 여섯 줄, 서른 개의 자리가 마련된 교실의 창가 맨 뒤에 그 빈자리가 있다.

지금은 6월 하순이다. 이곳, 사이요(彩陽) 학원 고등학교에 입학하고 벌써 두 달 반이라는 시간이 흘렀다. 그러나 여전히 그 빈자리를 채우는 사람은 나타나지 않았다.

이 빈자리에는 유령이 산다느니, 입원한 동급생이 퇴원했을 때를 위해 마련된 자리라느니, 제법 그럴듯한 소문이 퍼져 있다.

나도 이 빈자리에 무언가 의미가 있다고 생각하는 사

람 중 한 명이라 전학생을 위한 자리라고 생각했다. 아무리 봐도 전학을 온 학생이 앉을 자리를 확보하기 위해 비워둔 것만 같았기 때문이다.

하필 내 왼쪽에 있는 빈자리를 보며 생각했다. 평소에 사용되는 교실에 아무도 앉지 않는 빈자리가 있는 것은 이상하다고. 그 '교실의 빈자리'에 나는 위화감을 느꼈다.

평소에 사용하는 교실에 빈자리가 있는 이유는 알 수 없다. 해당 반을 담당하는 교사의 관리가 소홀하거나 다른 수업에서 자리가 더 많이 필요해서 마련됐을 수도 있다. 어찌 됐든 초, 중, 고등학교 교실에 빈자리가 있는 것은 드문 일이며, 그 빈자리가 마련된 이유가 명확하지 않다면 신경이 쓰여도 이상하지 않다.

그리고 내 반에는 그런 부자연스럽고 수상한 빈자리가 존재한다. 심지어 내 옆자리에. 당연히 신경이 쓰일 수밖에 없다. 신경이 쓰이지만 동시에 기대감도 생긴다.

수수께끼의 전학생이 편입해서 내 옆의 빈자리에 앉지는 않을까. 그런 풋풋한 기대를 품게 된다. 나도 그런 기대가 망상에 불과하며 현실적이지 않다는 사실은 알고 있다. 하지만 그것이 기대를 품지 않을 이유가 되지는 않는다.

누가 봐도 부자연스러운 빈자리다. 전학생이 아니어도

무언가 특별한 의미가 있기를 바라게 된다.

그런 기대는 입학 후 일주일이 채 지나지 않을 무렵부터 싹을 틔웠다.

그사이 자리가 한 번 바뀌었지만, 빈자리는 포함되지 않았기에 그 위치가 다른 곳으로 이동되는 일은 없었다. 참고로 나는 제비뽑기에서 기적에 가까운 운을 발휘해 다시 빈자리의 옆자리를 뽑았다. 이거야말로 운명이라는 생각에 들뜬 내가 그 빈자리에 한층 더 큰 기대를 품게 됐다는 사실은 굳이 말할 필요도 없다.

나는 약 두 달 반이라는 시간을 써서 기대와 망상을 이어갔고, 그것을 형태로 남겼다. 구체적으로 말하면 내 유일한 취미라 할 수 있는 그림으로 망상을 형상화했다.

입학하고부터 지금까지, 언젠가 빈자리를 채울 인물을 떠올리고 상상하며 하루에 한 명씩 옆자리의 동급생을 그렸다. 처음에는 아침 햇살을 받으며 검고 긴 머리칼을 흩날리는 다부진 전통 미인을 떠올리며 그림을 그렸다. 그 후로는 짧은 머리나 묶은 머리, 머리색을 바꾸거나 표정을 바꿔가며 다양한 사람을 그렸다. 자화자찬이지만, 내 그림은 객관적으로 봐도 상당히 잘 그린 편이라고 생각한다. 하지만 내 그림에는 부족한 점이 있다.

어릴 때부터 그림을 그렸지만, 회화에 꼭 필요한 색연필이나 수채화 물감 등의 채색 도구, 즉 그림에 색을 입히고 장식하는 도구를 전혀 쓰지 못한다. 이런 도구를 쓰면 유치원생이 그린 것처럼 그림이 유치해지고, 가장 익숙할 법한 색연필조차 색을 입히면 그림이 담백해져 깊이감이 느껴지지 않는다. 아무리 연습해도 나아지지 않는 탓에 나는 언제부터인가 채색 자체를 포기했다.

그때부터 다양한 농도의 연필을 사용해 보이는 풍경의 색을 그대로 재현하려고 열심히 노력 중이다. 하지만 역시 연필의 농도만으로 빨강이나 파랑 같은 색을 재현하는 데에는 상당한 어려움이 따랐다.

지금은 보는 눈이 있는 사람이라면 어느 정도 색을 분별할 수 있는 수준이 됐지만, 평범한 사람이 보면 아름다운 흑백 그림이라는 감상에 그칠 것이다.

그렇기에 나는 그림 실력 향상을 겸해 매일 공상 속의 동급생을 그렸다. 그것이 공상의 세계, 그림의 세계를 초월할 일은 없다고 생각했다. 그러나 나는 아직 보지 못한 동급생을 떠올리며 가슴에 작은 기대를 품고 계속 그림을 그렸다.

그리고 드디어 때가 되어 내 망상, 아니, 바람이 이루어졌다.

장마다운 날씨가 이어지는 가운데 변덕처럼 맑게 갠 6월의 마지막, 6월 30일. 한 명의 소녀가 반의 비어 있던 마지막 조각, 내 옆의 빈자리를 채웠다.

그렇다. 그 빈자리에는 분명한 의미가 있었다.

"내일 봐."

"응, 안녕."

종례를 마치고 약 한 시간이 지났다. 교실이 나만의 공간이 된 순간이었다. 동급생인 여학생 둘이 긴 잡담을 마치고 드디어 교실을 나섰다.

대체 얼마나 많은 정보와 뛰어난 화제 제공 능력을 지니면 한 시간 가까이 잡담을 계속할 수 있을까. 저건 어떤 면접시험이든 반드시 붙을 법한 재능이다.

말은 그렇게 했지만 나는 조금 전의 두 여학생에 관해 아는 것이 없다. 정말 친한 친구 사이인지조차 모른다. 교실에서 헤어져서 따로 집에 가는 모습을 보니 생각보다 가까운 사이가 아닐 수도 있다고 혼자 생각했을 뿐이다.

아니, 아마 둘 다 동아리나 아르바이트 같은 각자의 일정이 있을 것이다. 애초에 동급생 대부분을 잘 모르는 내가 타인의 교우 관계를 알 리가 없다.

이미 반에는 뭉쳐 다니는 그룹이 생겼고, 카스트 제도처럼 교실이라는 하나의 양극화 사회가 형성되기 시작했다.

일부는 자신의 매력을 드러내기 위해 화려하게 치장하여 내가 결코 이해할 수 없는 위엄을 유지하려 한다. 다른 일부는 화려한 급우들에게 지배당하지 않기 위해 약자들끼리 뭉쳐서, 역시 내가 이해할 수 없는 자신감을 유지하려 한다.

이렇게 입학하고부터 격차는 차근차근 커져만 간다. 사실 학교는 무척 혹독한 세계인 것이다. 공포마저 느껴진다.

그러나 내게는 이 모든 게 남의 일이며, 나와는 아무런 상관이 없었다. 왜냐하면 나는 그 카스트 제도의 예외에 속하기 때문이다. 나는 남에게 간섭하지 않고 남들도 내게 간섭하려 하지 않는다. 소위 말하는 외톨이라고 불리는 존재다. 아니, 엄밀히 말하면 외톨이보다는 고독하다는 표현이 정확할지도 모른다.

게다가 나는 사정이 있어 중학교 졸업과 고등학교 입학 사이에 1년의 공백이 있다. 주변 동급생과 비교하면 연령적인 측면에서는 한 살 많은 것이다. 그런 탓에 나는 한층 더 고립되었다. 게다가 내 취미인 그림을 그린다는 행위가 주변 사람들과 나 사이에 벽을 만들었다.

다만 그런 나라도 몇 사람의 존재는 인식하고 있다. 반장인 '미즈키'라든가 미술실 열쇠를 빌릴 때마다 만나는 우리 반 담임, 무카이 선생님이다. 하지만 지금까지 그 둘과도 가까이 지내지 않았으니, 앞으로도 그러리라.

자, 드디어 교실이 나만의 공간이 됐으니 빨리 그림을 완성해야겠다. 쉬는 시간이나 수업 중의 빈 시간만으로는 완성할 수 없어서 이렇게 방과 후에도 남아 취미 활동에 열을 올린다. 이것은 학생이 집에 가는 길에 친구들과 노는 행위와 조금도 다를 바가 없다.

오늘 그리고 있는 그림은 익숙하지 않은 일본 학교의 수업에 진지하게 임하는 금발의 유학생이라는 설정이다. 금발이지만 연필로만 그리고 있으니, 금발이라는 사실을 알아보는 사람이 과연 얼마나 있을지 모르겠다. 사실 다른 사람에게 보여줄 생각도 없으니 굳이 신경 쓸 필요는 없다.

"으으."

같은 자세로 오래 앉아 있느라 굳어버린 몸으로 기지

개를 켰더니 얼빠진 목소리가 튀어나왔다.

그림의 상태는 나쁘지 않다. 이제 거의 완성이라고 해도 될 정도다. 이제 진한 연필로 전체적인 색의 강약만 넣으면 완성이다.

조금 전까지 남아 있던 동급생들이 교실을 나서고부터 35분이 지났고, 교실에 걸려있는 시계의 짧은 바늘은 바닥과 수직을 이루며 바로 아래를 가리킨다. 만일을 위해 휴대폰으로도 시간을 확인하니 6월 31일의 오후 여섯 시라고 표시된다.

아아, 또 저질러버렸다. 수도권 근교라 이 시간대부터는 퇴근 시간이 겹쳐 귀갓길 전철은 만원이 된다. 그래서 항상 조금 빨리 집으로 향하려고 하지만, 그림에 집중하다 보면 가끔 이런 일이 생긴다.

만원 전철을 생각하면 집에 가기 싫어진다. 차라리 이대로 학교에서 자고 싶다. 어차피 집에 가도 아무도 없으니까. 창밖에 보이는 노을처럼, 어둑해지는 마음으로 그런 생각을 하고 있자니 갑자기 교실 문이 열렸다.

검은 머리카락을 한 갈래로 높이 묶은 소녀가 헐떡이며 교실에 들어왔다. 그 소녀는 칠판을 보자마자 입을 열고 "헉, 헉. 역시 잊어버렸네."라고 말하고는 하얀 분필로 쓴 글씨가 빽빽한 칠판으로 향했다. 칠판을 지우는 당번의 업무를 잊은 듯했다.

나는 방과 후에도 칠판에 글씨가 빽빽한 이유가 오늘 당번의 게으름 때문이라고 생각했다. 그러나 내 상상과는 달리 하교 시간이 가까워졌는데도 잊어버린 업무를 다하기 위해 교실로 돌아온 여학생의 성실함에 감탄했다.

그리고 나는 눈앞에 보이는 포니테일에서 익숙함을 느꼈다. 동그란 눈이 인상적이며 매끄럽고 건강한 체형, 그리고 톡톡 터지는 듯한 웃는 얼굴이 보일 때마다 흔들리는 검은색 포니테일. 이 여학생이 바로 '미즈키'다.

성인지 이름인지 알 수 없지만 우리 반의 반장이라는 사실은 알고 있다. 성실하지만 업무를 깜빡하는 것을 보니 덜렁이 반장이다. 미즈키는 곧장 칠판으로 향하려다 시야 한구석에서 무언가를 포착했는지 내 쪽을 돌아봤다. 아무래도 내 존재를 눈치챈 듯하다.

"아… 음, 아직 남아 있었구나."

조금 전에 한 말은 취소한다. 내 예상과 달리 벌써 가까워질 것 같다. 그나저나 설마 내게 학급 공지 외의 주제로 소통을 시도할 줄은 몰랐다. 내게 말을 걸다니, 무척 서글서글한 사람이다. 성실하고 덜렁대고 서글서글한 반장. 참 바쁜 사람인 것 같다.

"응, 그런 셈이지."

"그렇구나. 그런데 혹시 아까 봤어…?"

그런데 미즈키가 조금 이상하다. 학교에서 지정한 가방으로 얼굴을 절반쯤 가리고 묘하게 꼼질댄다.

"아끼리면 급하게 교실에 들어왔을 때를 말하는 거야?"

그렇게 묻자 가려지지 않은 미즈키의 커다란 눈동자가 흔들렸다. 살짝 드러난 뺨은 노을까지 물들여 상당히 빨갛다. 아마 부끄러움으로 인한 홍조인 듯했지만, 나는 부끄러움의 이유를 알 수가 없었다.

"못 본 걸로 해 줘, 모토미야(本宮)."

"뭘 못 본 걸로 해달라는 소리야?"

"급하게 뛰어오느라 치마가 뒤집혔을 수도 있어서."

아, 그런 이유였구나.

"괜찮아. 속옷은 안 보였으니까."

"앗! 바보야, 그렇게 노골적으로 말하지 마!"

얼굴이 더 붉어지고 이번에는 목소리에 화도 살짝 담겼다. 들고 있는 가방을 던질 듯한 기세다. 배려심이 전혀 없었다는 점에 대해서는 사과한다. 그러나 사람과의 대화 자체가 너무 오래간만이라 양해해 줬으면 좋겠다.

그런데 잠깐만. 조금 전에 미즈키가 내 이름을 부른 것 같은데? 분명히 모토미야라고.

"조금 전에 내 이름을 불렀지?"

"응. 넌 모토미야잖아. 무슨 문제라도 있어?"

"어떻게 내 이름을 알아?"

내 이름을 밝힌 것은 입학 초에 자기소개를 했을 때뿐이다.

"무슨 소리야. 그야 같은 반이니 당연히 알지."

미즈키는 입가에 손을 대고 다정하면서도 씁쓸한 웃음을 지으며 그렇게 말했다. 그게 당연한 거라면 나는 뭘까.

"모토미야는 다른 애들이랑 전혀 대화를 안 해서 어떤 사람인지 줄곧 궁금했어. 뭐, 오늘 처음 대화하는 건 아니지만……."

솔직히 말하면 조금이라도 나를 신경 쓰는 사람이 있다는 사실이 놀라웠다. 동급생으로서 더없이 행복하다. 하지만 나는 과거에 미즈키와 대화한 기억이 없다.

"나는 굳이 관심을 가질 만한 사람이 아니야. 친구도 없고 성격도 어둡고. 게다가 나랑 가까워지는 사람은 불행해지거든."

나는 역귀(疫鬼)니까. 그러니까 나랑 가까워지면 안 돼.

그렇게 작게 덧붙였다.

내 말을 들은 미즈키는 벌레라도 씹은 것처럼 쓴 표정을 지었다. 묘하게 슬퍼하는 듯한 표정처럼 보이기도 했다. 그러나 바로 표정을 바꾸고 아무 일도 없었다는 듯이 진지한 표정으로, 나로서는 무척 의외인 말을 꺼냈다.

"그래도 그림은 잘 그리잖아."

"뭐?"

"항상 쉬는 시간에 그림을 그리고 있잖아. 예전에 책상 위에 있던 그림을 보고 깜짝 놀랐어. 무척 예쁜 그림을 그리더라."

나도 모르는 사이에 본 듯했다. 인간은 다른 사람이 자기가 그린 그림을 보면 부끄러움을 느끼나 보다.

"지금도 그림을 그리고 있었지? 괜찮다면 보여줄래?"

이렇게 웃는 얼굴로 말하는데 거절할 수는 없다. 소통에 익숙한 여성은 이래서 무섭다. 가장 뒤에 앉아 있는 나와 칠판 앞에 서 있는 미즈키. 꽤 거리를 두고 대화하고 있었다는 사실을 이제야 깨달았지만, 이 거리 덕분에 나는 미즈키와 제대로 대화를 나눌 수 있었다.

왜냐하면 나는 다른 사람들과 가깝게 지내지 않기 때문이다. 그렇기에 당연히 이성에 대한 면역도 없다. 게다가 미즈키의 매력은 가히 파괴적이라 할 수 있다. 많은 동급생의 지지를 받아 반장이 된 것도 충분히 이해가 간다. 반장답지 않게 덜렁대는 성격이 귀여워서 더 큰 사랑을 받는 것이리라.

그런 미즈키가 내 대답을 무시하고 이쪽으로 다가와 내 앞자리에 놓인 의자 등받이를 끌어안으며 자리에 앉았다. 어차피 거절할 수 없으니 그림은 보여줄 거지만, 이렇게 가까워지면 곤란하다.

"남에게 보일만한 그림은 아니지만 그래도 괜찮다면 얼마든지 봐."

내 대답을 들은 미즈키가 더 활짝 웃는다.

"아직 완성 전이라는 점은 고려해 줘."

그렇게 덧붙이며 보험을 들어 두고, 눈앞에서 손을 내민 채 기다리는 반장에게 내 그림을 건넸다.

"와! 엄청 예쁘다! 이게 아직 완성된 그림이 아니라고? 이 금발의 여자는 누가 모델이야? 배경은 우리 교실이지?"

순식간에 질문이 쏟아진다. 그런데 그 가운데 결코 흘려들을 수 없는 단어가 포함되어 있었다. 미즈키는 연필로만 그린 이 그림 속 인물을 보고 망설임 없이 금발이라고 말했다.

그것은 내가 원하는 대로 그림이 완성됐다는 사실을 의미하며, 내 의도를 알아본 타인의 평가가 만족스럽기도 했다. 그러나 동시에 회화에 대해 문외한처럼 보이는 미즈키의 눈에 내 그림의 색이 보였다는 사실이 놀라웠다.

"방금 금발이라고……."

"응? 아, 그냥 왠지 내 눈에는 그렇게 보였어. 왜일까? 연필로 그린 그림인데 신기하네. 그보다 누가 모델이야?"

역시 미즈키의 눈에는 내 그림의 '색'이 보인 듯했다. 미즈키가 그림을 그리는 사람인지, 혹은 그림에 재능이 있는 사람인지는 알 수 없다. 그러나 어느 쪽이든 나는 신에게 따지고 싶다. 신은 한 사람에게 전부를 주는 법이 없다고 하지 않았냐고. 외모, 교우 관계, 재능, 전부를 가진 인간이 존재하니 이 세상은 전혀 평등하지 않다고 생각할 수밖에 없다.

"모델은 이 빈자리야."

"아! 모토미야의 옆자리! 그런데 이 여자는 누구야? 설마 모토미야의 눈에만 보이는 귀신 동급생?"

귀신이라. 어쩌면 완전히 틀린 말은 아닐지도 모른다.

"비슷해, 귀신은 아니지만. 반에 빈자리가 있는 게 이상해서, 원래는 앉을 사람이 있었다고 상상하며 '투명한 동급생'을 그리고 있거든."

흐름에 맡겨 나도 모르게 쓸데없는 말을 했다는 점은 부정할 수 없지만, 투명한 동급생은 상당히 괜찮은 표현이다.

"왠지 로맨틱하네. 하긴, 전학생이 오면 재밌을 것 같다!"

미즈키는 감탄하며 언젠가 만날 반 친구를 상상했다.

"그런데 그림만 그리면 친구가 안 생겨!"

우리 반 반장은 이런 말까지 한다. 쓸데없는 참견이다.

"나한테 친구가 생길 리 없잖아. 이렇게 사람을 피하는데."

그렇다. 나는 최근 3년 동안 다른 사람을 멀리하며 살아왔다. 아니, 정확히 말하면 다른 사람과 가까워지지 않도록 노력하며 살아왔다. 왜냐하면 나와 가까워진 사람들은 모두 불행…….

"그러면 내가 모토미야랑 가까워질게. 친구가 될게."

미즈키는 진지한 눈빛으로 나를 바라보며 말했다. 왜 미즈키는 나와 가까워지려고 할까. 참견쟁이라서? 아니면 그냥 내 자의식 과잉일까?

아무리 우리 반 인기인의 과분한 제안이라도 '내가 다른 사람과 가까워진다.'라는 내용이 포함되면 마냥 고개를 끄덕일 수 없다. 내게 당당하게 말한 미즈키는 뒤늦게 부끄러워졌는지 시선을 피하며 내 대답을 기다렸다. 아마 미즈키는 생각보다 행동이나 말이 먼저 나가는 타입인 모양이다.

"나처럼 고립된 사람이 신기해서 하는 말이라면 쉽게 내게 다가오지 않는 편이 좋아."

"그런 게 아니야."

"호기심 때문에 목숨을 잃을 수도 있어."

"에이. 일단 오늘은 시간이 늦었으니까 봐줄게. 하지만 포기하지 않을 거야!"

아무래도 반장은 같은 반 친구가 고립된 상황을 두고 볼 생각이 없는 듯했다.

"알았어. 조심히 집에 가."

나는 적당히 대꾸했다.

"아, 응. 고마워."

"그리고 할 일은 잊지 말고."

"아, 맞다! 칠판!"

미즈키는 잰걸음으로 칠판에 다가가 빠르게 흰 분필로 적힌 글자의 나열을 지웠다.

"나는 이제 갈게. 모토미야는 그림을 완성하고 갈 거지?"

"응."

어떻게 내 일정을 알지?

"그렇구나. 그러면 열심히 낙서 마무리해."

이런. 지금까지의 내 노력을 '낙서'라는 말로 마치 어린아이가 그린 그림처럼 취급하다니. 조금 전에는 미즈키는 분명히 내 그림을 보고 예쁘다고 했는데 말이다.

"아, 그리고 또 하나!"

교실을 나서려던 미즈키가 다시 돌아왔다. 아직 할 말이 남았나?

"모토미야는 반 친구들 이름도 기억 못 하지? 그러니까 처음 친구가 된 사람의 이름쯤은 기억해 둬."

그게 과연 누굴까? 나한테 친구라니? 만약 내 친구가 된 사람이 미즈키라면 이미 반장이라서 이름을 외웠는데. 그러니까 이렇게 말해주마.

"내 이름은."

"잘 가, 미즈키."

그렇게 말했다. 만약 이게 성이 아니라 이름이라면⋯ 아니다, 더 이상 생각하지 말자. 교실 입구에 선 미즈키는 놀란 표정으로 뻣뻣하게 굳어 있다. 그렇게 놀랄 일인가.

그리고 몇 초 후. 짧은 침묵을 마치고 미즈키가 만면에 미소를 지었다.

"응! 내일 봐!"

미즈키는 그렇게 말하고 무척 만족스럽고 기쁜 얼굴로 경쾌한 발짓소리를 내며 교실에서 멀어졌다.

"태풍 같은 사람이네."

미즈키의 인상을 한마디로 말해본다. 갑자기 나타나서 내 감정을 휘젓고 금방 떠나버렸다. 마치 태풍 같지 않나. 항상 화제의 중심에 있고 주변 사람들에게 영향을 미치는 모습은 태풍의 눈이라고 하면 되겠지. 다른 사람을 가까이할 때면 항상 어색해지는 나도 미즈키와는 제법 편하게 대화를 나눴다는 생각이 들었다. 어쩌면 그거야말로 미즈키의 가장 큰 매력, 인덕일지도 모른다.

어쨌든 다른 사람을 가능한 한 가까이하지 않고 생활한다는 내 지침에 따르면 분명한 경계 대상이다. 앞으로 나와 더 가까워지려고 한다면 대하는 방법을 좀 더 고민할 필요가 있을지도 모른다.

딩동댕동.

익숙한 종소리가 들려왔다. 오후 여섯 시 반, 마지막 하교 시간을 알리는 종소리다. 슬슬 그림을 완성해야 한다. 학교 경비원이 순찰을 시작하기 전에는 집에 가고 싶다.

그렇게 생각하며 다시 책상에 앉았다. 다시 혼자가 된 교실에 가득한 정적이 평소라면 신경 쓰이지 않았겠지만, 조금 전까지 미즈키와 대화를 나눴다는 사실 때문에 적막하게 느껴졌다.

몇 년이라는 세월에 걸쳐 마비된 내 감정은 타인과의 오래간만의 소통으로부터 외로움이라는 감정을 떠올렸다. 쓸모없는 감정이었다. 그따위 것은 이미 몇 년 전에 두고 왔을 텐데.

마음을 다잡으려고 뺨을 한 번 때렸다. 짝, 하는 마른 소리와 함께 찌르는 듯한 아픔이 뺨을 자극하며 마음을 다잡도록 돕는다. 다시금 연필을 쥐려는데…….

"어라?"

그림을 완성할 때 필요한 진한 연필이 보이지 않는다. 필통 안에도, 가방 안에도, 책상 안에도 없다. 그림을 그릴 때 외에는 쓰지 않는 연필이라 잃어버릴 일이 없다고 생각했는데, 아무래도 어딘가에 두고 온 듯했다. 집에 있어야 할 텐데. 어쨌든 없는 연필을 쓸 수는 없다. 빌리러 가자.

빌린다고 했지만, 외톨이인 내가 친구에게 빌리러 갈 리는 없다. 학교로부터 빌리는 것이다. 물론 만약 친구가

있다고 해도 마지막 하교 시간을 알리는 종이 울린 후에
도 남아 있는 친구나, 평소에 쓰지 않는 진한 연필을 가진
친구가 있기를 기대하기는 어렵다.

다시 가방을 뒤져서 찾으려던 물건을 발견하고는 그것
을 꺼내 들고 자리에서 일어났다. 다른 학생들은 이미 집
에 갔을 테니 짐은 자리에 두고 기도 된다. 나는 교실 문을
열어둔 채 빠른 걸음으로 목적지를 향해 교실을 나섰다.

내 교실인 1학년 3반은 2층이라, 계단을 거쳐 3층에 있
는 목적지로 향한다. 이 시간대의 교내를 걷다 보면 왠지
모르게 가슴이 두근거린다. 경비원한테 발견되면 안 된다
는 가벼운 위기감과 방과 후 특유의 어두운 복도가 적당
한 긴장감을 느끼게 하기 때문일지도 모른다.

그렇게 모험하는 기분을 맛보고 있자니 얼마 지나지
않아 3층 끝의 조용한 교실 앞에 도착했다.

나는 교실에서 가져온 물건으로 잠겨 있던 눈앞의 문
을 열었다. 내가 가방에서 찾던 물건은 이 미술실의 열쇠
다. 미술실을 오가느라 자주 열쇠를 빌렸더니, 미술 선생
님이자 우리 반 담임인 무카이 선생님은 아예 내게 미술
실 열쇠를 맡겨버렸다. 이 학교에는 미술부가 없고 마스
터키도 있으니, 열쇠는 내가 가지고 있어도 괜찮다고 했

다. 나야 편리하지만 정말 학생에게 교실 열쇠를 맡겨도 되는지 의문이 들기는 한다.

미술실에 들어가자 유화 물감 냄새가 코를 간지럽히며 마음을 편안하게 해줬다. 바로 연필을 가지러 가고 싶지만, 교실에 어지럽게 놓인 전문 미술 도구 때문에 발 디딜 틈이 없어 이동이 어렵다.

언뜻 보기에는 쓰레기 더미 같지만, 사람에 따라서는 산더미처럼 쌓인 보물로 보일 것이다. 대부분 무카이 선생님의 개인적인 물건이라고 한다. 미술 수업은 각 교실에서 진행되는 탓에 이 미술실은 용도를 잃고 창고가 됐다. 반대로 말하면 창고가 됐기 때문에 미술실의 역할을 다할 수 없게 됐다고 할 수도 있다.

겨우 회화 도구를 모아둔 책상에 다가가 필요한 연필을 꺼내 들었다. 바로 연필심이 부러졌다는 사실을 깨닫고 연필깎이를 찾았지만, 빛이라고는 노을뿐인 이 공간에서 위치를 파악하고 있지 않은 물건을 찾기는 힘들다. 이 많은 물건이 쌓인 미술실에서 원하는 물건을 찾는 것은 무척 고되다는 표현으로도 부족하다.

그럴 때는 바로 포기하고 시간을 유용하게 써야 한다.

교실로 돌아가서 가위로 연필을 깎자. 아마 연필깎이

를 찾기보다 이쪽이 훨씬 빠르다. 그렇게 생각한 나는 잰 걸음으로 교실에 돌아갔다.

왔던 길을 되돌아가 교실 앞에 도착했을 때, 문득 사소한 위화감을 느꼈다. 평소의 나였다면 눈치채지 못하고 교실에 들어갔을 것이다. 딘지 오늘은 평소보다 조금 더 정신이 맑은 탓일 수도 있다.

위화감의 정체는 교실 문이었다. 빈틈없이 닫힌 문. 바로 그것이 위화감의 정체였다.

나는 미술실로 향하려고 교실을 나설 때, 분명히 문을 열고 갔다. 그러나 눈앞의 문은 내 앞을 막듯이 꽉 닫혀 있다. 경비원이 순찰하며 문을 닫았을 수도 있겠지만, 순찰하기에는 아직 이른 시간이다. 조금 전의 미즈키처럼 교실에 돌아온 사람이 있나?

"…흑."

그때 문득 교실 안에서 모깃소리만큼 작게 훌쩍이는 소리가 희미하게 들려왔다.

문에 달린 사각형 창으로 교실 안을 들여다보니, 책상에 걸터앉아 고개를 숙이고 있는 그림자 하나가 보였다. 노을 때문에 역광이 되어 표정은 보이지 않지만 무언가를 손에 들고 있다.

자세히 보니 그것은 내가 그리다 만 그림이었다. 그것을 깨달은 순간 바로 몸이 움직였다. 나는 무의식적으로 교실 문을 열고 그 인물과 대치하듯이 교실 안으로 걸음을 내디뎠다.

두 사람 사이에는 교실 문과 창가만큼의 거리가 있다. 나는 한 걸음, 두 걸음, 이끌리듯이 그 거리를 좁혀갔다. 그러자 지금까지 보이지 않던 상대방의 표정이 드러났다.

눈앞에 있는 나보다 머리 하나 정도 작은 그림자도 내 존재를 눈치채고, 고개를 숙인 채 그림을 바라보던 단정한 얼굴을 들어 나를 봤다. 놀랍도록 아름다운 소녀였다.

허리를 리본으로 조인 파란 꽃무늬 원피스를 입은 탓에 선이 가느다란 느낌이다. 노을로 인해 역광을 받은 그 모습은 유난히 아름다워 보였다.

그 소녀가 앉은 자리는 바로 그 빈자리였다.

당혹스럽다는 듯이 크게 뜨인 아름다운 눈동자의 눈꼬리에서 물방울이 흘러넘쳐 매끈해 보이는 뺨을 타고 흐르다 아름다운 턱 끝에서 떨어졌다. 그것은 반복하듯이 마르지 않고 흐르며 소녀의 얼굴을 적시고 있었다.

소녀는 상황을 이해하지 못한 듯 당황한 표정으로 군

어 있었다. 그것은 나도 마찬가지였다. 눈앞에서 정체를 알 수 없는 소녀가 울고 있는 상황을 맞닥뜨려 당혹스러웠다. 그러나 그 침묵은 오래가지 않았다. 다음 순간, 소녀는 들고 있던 내 그림을 품에 안고 급하게 자리를 떴다.

"저기, 잠깐만……."

무의식적으로 외쳤지만, 허무하게도 소녀는 허리까지 닿는 머리카락을 살랑살랑 흔들며 내 앞을 지나쳤다. 소녀가 흘린 눈물이 노을을 받아 주황색으로 빛나면서 흩어져 몇 초 동안 바닥에 흔적을 남겼다. 희미하게 남은 상쾌한 샴푸 향기에서 여름의 시작이 느껴졌다.

홀로 남겨진 나는 그저 멍하니 서 있을 수밖에 없었다. 짧은 시간 동안 일어난 일이 머릿속에서 떠나지 않았다.

맑고 큰 눈동자와 투명하리만치 흰 피부가 인상적이라 나는 무의식적으로 시선을 빼앗겼다. 그저 순수하게 그 아이를 본 순간 '이렇게 아름다운 사람은 처음 본다.'라고 생각했다. 그래서 머릿속에서 떠나지 않는 걸까. 그러나 그 소녀의 특별한 아름다움은 물질적인 것이 아니라 사람에게서 느껴지는 분위기 그 자체였다.

덧없다. 처음 본 순간, 그렇게 느꼈다.

그리고 무엇보다 나를 놀라게 한 것은 소녀가 허리까

지 기른 '은발'이었다. 그것은 말 그대로 은색의 머리카락 이었고, 인공적으로 염색한 색깔도 노화로 인해 생기는 새치도 아닌 듯했다. 그것은 마치 언젠가 사진으로 본 밤 하늘의 은하수처럼 신비로운 아름다움을 뽐냈다.

그러나 그 아름답고 희귀한 머리카락조차 소녀의 어떤 한 아름다움을 돋보이게 하는 장치로 느껴졌다. 그것은 이질적인 아름다움이었다.

마치 이 세상의 존재가 아닌 듯한 아름다움.

아마 나는 꽤 오랫동안 그 자리에 서 있었을 것이다. 조금 전에 일어난 일은 꿈 같았지만, 내 책상 위를 보니 현실이 느껴졌다. 오늘 그린 그림은 자취를 감췄고, 그 대 신 처음 보는 밀짚모자가 놓여 있다.

그것은 틀림없이 소녀가 두고 간 물건이었다. 그러나 나는 다음에 만났을 때 돌려주면 된다고 생각했다. 그 소 녀하고는 분명히 처음 만난 사이였다. 아니, 애초에 그렇 게 독특한 사람을 잊을 리가 없다. 교복 차림이 아니었으 니 학생은 아니다. 당연히 교직원도 아닐 것이다. 그런데 도 왠지 모르게 또 만날 수 있다는 확신이 들었다.

조금 더 구체적으로 말하면, 그 아이가 우리 반의 빈자 리에 앉을 사람이라고 나는 확신했다.

"집에 가야겠다."

그림이 사라졌으니 이제 학교에 남아 있을 이유가 없다. 홀로 그렇게 중얼거리고는 집에 돌아갈 준비를 했다. 학교에서만 쓰는 교과서는 사물함에 넣어두고 필기구 등은 학교에서 지정한 가방에 넣었다.

"일단 이것도 가져가는 게 좋겠지?"

나는 그 밀짚모자가 이상한 방향으로 꺾이지 않도록 신중히 가방에 넣었다. 그러자 모자가 놓여 있던 책상 끝에 연필로 남긴 낙서가 눈에 들어왔다. 책상에 남긴 낙서치고는 정성스러운 글씨체로 쓴 메시지가 그곳에 남겨져 있었다.

나, 네 그림이 좋아. 투명한 동급생이.

낙서라기보다는 편지에 가깝다. 무척이나 성실한 도둑이다. 이것이 소녀의 첫마디였다. 끝에 '투명한 동급생이' 라는 문장을 보니 나와 미즈키의 대화를 들은 듯했다. 내 머리는 그 아이가 지금까지 그려온 빈자리에 앉을 사람이라는 결론을 내렸다.

이것도 내 망상이나 바람일까?

그렇다면 나는 솔직하게 그 소녀가 빈자리에 앉기를 바란다. 다시 한번 그 아이를 만나고 싶다. 그리고 왜 내 그림을 보면서 울었는지 알고 싶었다. 나는 멍하니 6월 30일이라는 글자만 지워지지 않은 칠판을 바라봤다.

"내일부터 7월이구나."

의미 없는 혼잣말은 허무함이 맴도는 교실에서 흩어져 사라졌다. 그리고 다음 날. 내 바람대로 우리 반의 빈자리가 채워졌다.

제2장

눈물의 이유

7월 1일. 어제와 달리 오늘은 엄청난 비가 쏟아졌다. 비가 내리던 날들로 돌아가 버렸다.

　교실의 창밖에서는 화살이 쏟아지듯이 거친 비가 땅을 두드리고 있다. 계속 비가 오는 날들이 이어지는 가운데, 단 하루만 맑았던 날씨 때문인지 어제 일이 꿈만 같았다. 하지만 창문에서 문득 왼쪽 옆으로 시선을 옮기면 꿈이 아니라는 사실을 알 수 있다.

　곧은 자세를 유지한 채 칠판을 빤히 바라보는 소녀.

　상큼한 원피스 차림이 아니라 익숙한 사이요 고등학교의 교복을 입고 있어서 어느 정도 친근감이 느껴지지만,

그 소녀가 입고 있는 교복은 평소에 보던 교복과 달라 보였다. 다시 봐도 소녀의 모습은 아름답다는 말이 가장 잘 어울린다.

그러나 내 눈길을 끈, 긴 비단 같은 흰 머리카락은 갈색으로 물들어 있어서 안타까웠다. 교칙에 머리카락은 검은색이나 갈색이라고 정해져 있으니 어쩔 수 없는 일이다.

"모토미야, 그렇게 유에를 빤히 보면 안 돼. 곤란해하잖아."

왼쪽 옆자리에 앉은 동급생을 너무 의식한 나머지 반대쪽에 접근한 인물을 눈치채지 못했다. 내게 말을 건넨 사람은 미즈키였다.

"빠, 빤히 보지 않았어!"

나도 모르게 목소리가 커졌다. 평소에는 누가 말을 거는 일이 없어서 깜짝 놀라고 말았다. 다시 왼쪽을 보니 그 소녀는 조회 시간에 칠판에 적힌 내용을 전부 옮겨 적었는지 이쪽을 보며 살짝 곤란한 표정을 짓고 있다.

"…미안."

아무리 무의식이었다고 해도 곤란하게 했다는 점은 내 잘못이니 솔직하게 사과했다. 미나세 유에(水無瀬月). 그것이 그 소녀의 이름이다. 아마 중국에서 달월(月)을 유에라고 읽었지.

조회가 시작하기 전에 짧은 자기소개가 있었다. 물론 그 소녀의 자리는 내 옆의 빈자리였다. 조회가 끝나자, 주변에 많은 학생이 모여서 상당히 당황한 모습이 조금 안쓰러웠다. 어쨌든 내 옆자리가 채워지리라는 예상은 적중했다.

그 후에 미나세와 대화를 나누지는 않았지만, 힐끔힐끔 이쪽을 보는 시선이 느껴졌다. 그래서 만약 내게 용건이 있다면 편하게 말을 걸 수 있도록 미나세를 의식했을 뿐이다. 결코 빤히 바라보거나 넋을 놓고 있지는 않았다.

"수업 시작한다!"

수학을 담당하는 선생님이 교실에 들어오자, 반의 분위기가 바로 바뀌었다. 각자 자기 자리에 앉아 수업 준비를 한다. 그렇게 반의 구멍이 채워진 첫날이 드디어 시작됐다.

"음?"

유의미하다고 생각한 빈자리가 드디어 채워졌다고 생각하는데, 문득 내 책상에 놓인 작은 메모지가 보였다.

오늘 방과 후에 이 교실에 남아 주세요.

어제 남겨진 편지와 같은 단정한 글씨체는 미나세가 썼으리라. 오늘도 방과 후 학교에 남아 그림을 그릴 생각이었으니 문제없다. 문제는 없지만, 나는 오늘부터 뭘 그리면 좋을까? 빈자리가 채워졌으니 미나세를 모델로 그림을 그리면 되려나?

그림의 주제가 정해지지 않는다는 것은 큰 문제였다.

"내일 봐."

"응, 안녕."

어제처럼 끝까지 남아 있던 동급생들의 인사를 들은 것은 종례를 마치고 20분 정도가 지났을 무렵이었다. 오늘 밤에 더 많은 비가 내린다는 일기예보 때문인지 이른 귀가를 선택한 듯했다. 현명한 판단이다. 물론 나도 평소였다면 같은 선택을 했을 것이다.

다만 내가 볼 때 일정 강우량을 초과한 시점부터는 아무리 빗발이 거세져도 큰 차이가 없다. 우산은 본래의 역할을 다하지 못하고 가방 안은 엉망이 된다. 그리고 현재 강우량은 그 경계선을 넘었다.

나는 비가 타닥타닥 창문을 때리는 소리를 들으며 한 소녀를 기다리고 있다.

결국 오늘은 뭘 그릴지 정하지 못해서 그림을 그리지 못했다. 그래서 지금은 그림을 그리기 위해서가 아니라 한 명의 소녀를 위해서 방과 후의 교실에 남아 있다. 그나저나 오늘은 무척 피곤한 하루였다.

하루 종일 자꾸 말을 거는 미즈키를 겨우 피했다. 갑자기 반의 인기인과 반의 장식물 같은 녀석이 대화를 나누는 상황은 이상하다. 나는 불필요한 논란의 불씨를 만들고 싶지 않다. 그저 조용한 나날을 보내고 싶을 뿐이다.

게다가 미나세의 시선도 신경이 쓰였다. 하루 종일 느낀 시선은 대체 뭐였을까? 지금도 그 시선의 이유를 묻고 싶어서 기다리고 있다.

드륵.

갑자기 문이 열렸다. 칠판은 깨끗하게 지워져 있으니 미즈키는 아니다.

"미안……. 오래 기다렸지."

교실 끝에서 차분한 소프라노 음성이 들려왔다. 그곳에는 온몸이 물에 푹 젖은 미나세가 서 있었다.

"헉, 무슨 일이야!"

나도 모르게 큰 소리를 내고 말았다. 최근 몇 년 사이에 냈던 목소리 중 가장 컸다. 미나세의 모습은 눈 둘 곳이 없어 곤란해지는 모습이었다.

축축하게 젖은 조끼를 벗어서 들고 있는 탓에 학교에서 지정한 셔츠와 체크무늬 치마 차림이었는데, 수수한 셔츠를 장식하는 리본 너머로 무언가가 비쳤다. 나는 그것을 보지 않으려고 슬그머니 시선을 내렸다.

"실은 길을 잃었거든……. 수업에 쓸 프린트를 받으러 교무실에 갔는데 돌아오는 길은 선생님 없이 혼자 오느라 교실을 찾기가 힘들어서……."

"그게 아니라, 왜 그렇게 젖었어?"

게다가 학교에서 길을 잃을 일이 있나? 교무실에서 이 교실까지는 계단을 한 층만 오르면 금방이다. 아직 학교의 구조를 파악하지 못한 탓일까.

"헤매다가 밖으로 나가는 바람에 이렇게 젖었어……. 민망하네."

그렇다고 한다. 어쩌면 미나세는 심각한 방향치조차 쉽게 도달하기 힘든 영역에 발을 걸치고 있을지도 모른다.

"갈아입을 옷은… 없지?"

"응……."

"감기에 걸리면 안 되니까 내 체육복을 빌려줄게."

이 말에 결코 특별한 감정 따위는 없다. 하지만 입 밖으로 내면 특별한 기운이 깃드는 듯한 느낌이다. 그렇구나. 이게 감기(感氣)의 어원이구나.

"아니야, 괜찮아. 그러면 모토미야의 체육복이 젖잖아."

"사양하지 마. 다음 체육 수업 전까지 돌려주면 돼. 젖은 교복을 입고 있으면 찝찝하잖아."

그렇게 말하고는 사물함에서 가방을 하나 꺼냈다. 나는 체육 수업을 한 다음 날이면 항상 체육복을 빨아서 학교 사물함에 넣어둔다. 물론 그 습관이 이렇게 도움이 될 줄은 몰랐다.

"고, 고마워……. 그러면 사양하지 않고 빌릴게."

"응, 그러도록 해."

"아, 저기."

갑작스러운 침묵. 무슨 문제라도 있나? 눈앞에 있는 여자아이가 곤란한 표정으로 내게 무언가를 호소했다.

"왜 그래?"

"옷을 갈아입게 잠시만 뒤돌아 줄래?"

아아, 그렇구나. 내가 보고 있으면 옷을 갈아입을 수 없다. 그렇게 둘 수는 없지.

"그, 그래. 알았어."

갈아입을 옷을 건네는 눈치는 발휘했지만, 그런 배려

를 끝까지 유지하지 못한다는 게 나의 단점이다. 뒤를 돌아보는 대신 교실을 나가는 편이 미나세가 안심할 수 있을 테지만, 내 허술한 머릿속에는 그런 선택지가 생각나지 않았다. 미나세는 체육복을 빌렸으니 "교실에서 나가 줘."라는 말까지 꺼낼 수는 없었을 것이다.

그러다 뒤늦게 엄청난 실수를 했다는 사실을 깨달았다. 미나세가 맨몸 위에 내 체육복을 걸쳐야 한다는 사실이다. 그것이 내게도 미나세에게도 얼마나 민망한 상황인지 생각하기만 해도 증발해 버릴 것만 같았다.

지퍼를 올리는 소리와 함께 "이제 괜찮아."라는 목소리가 들려서 나는 미나세를 돌아봤다. 그때 두 번째 실수를 깨달았다. 젖은 몸이나 머리카락의 물기를 닦지 못한 미나세는 그대로 체육복을 걸치고 있었다. 물기 때문에 체육복이 몸에 달라붙어서 젖은 교복과는 또 다른 의미로 눈을 둘 곳이 없어졌다.

머리카락에서 떨어지는 물방울이 목덜미를 타고 흘러 체육복 안으로 침입했다. 그것을 무의식적으로 눈으로 좇고 있다는 사실을 깨달은 순간, 내 시선은 허공을 맴돌았다.

"그나저나 나한테 무슨 용건이야?"

여담은 그만하자. 나는 억지스러운 기침과 함께 방과

후에 남아달라고 부탁한 이유를 물었다.

"응. 사과하고 싶어서……."

"사과라니? 미나세가 나한테 뭐 나쁜 짓이라도 했나?"

짚이는 구석은 있다. 솔직히 말하면 선명하게 기억하고 있다. 어제 일인데 벌써 잊었을 리가.

다만 내가 어제 만난 사람은 미나세가 아니라 가녀린 분위기와 흰 머리카락을 지닌 '투명한 동급생'이다. 그 사람은 틀림없이 미나세였지만, 내 앞에서 급하게 도망치듯이 모습을 감췄으니 어쩌면 난감하거나 불편한 상황이었을 수도 있다. 그렇게 생각한 나는 모른 척하기로 마음을 정했다. 미나세가 없던 일로 하기를 원한다면 마땅히 그래야 한다고 생각했기 때문이다.

"어제 이 그림을 가져가서 미안해. 오늘은 그림을 돌려주고 싶어서 말을 걸었어."

오늘 하루 종일 느낀 시선의 이유가 이거였구나. 미나세가 내민 것은 파일에 깔끔하게 보관된 내 그림이었다. 비에도 젖지 않았고, 오히려 어제 그림보다 상태가 좋아 보였다.

"어제 만난 사람은 미나세였구나. 그런데 머리카락이……."

"역시 봤구나. 저기, 다른 사람들에게는 비밀로 해줄 수
있어…?"

"그건 문제없어."

"고마워. 어제는 7월부터 등교할 때 필요한 설명을 들
으러 학교에 왔거든."

"그랬구나."

어제 나와의 우연한 만남은 역시 미나세에게 불편한
상황인 듯했다. 가능하다면 기억을 지우고 싶지만, 안타
깝게도 내 머리는 새대가리가 아니다. 오히려 내 기억력
은 보통 사람보다 뛰어난 편이다. 언제까지나 잊지 못한
다. 좋은 기억도 나쁜 기억도.

"그러니까 어제 만난 건 우리 둘만의 비밀로 해줬으면
하는데…….."

미나세는 미소를 짓지도 않고 부끄러워하지도 않았다.
아무렇지 않게 그런 말을 했다. 둘만의 비밀. 너무나 달콤
한 말이다.

"나, 네 그림이 좋아."

갑작스러운 말에 깜짝 놀랐다. 좋다는 단어에 내성이
없는 탓에 입으로 심장이 튀어나올 뻔했다. 그것은 어제
본 편지와 같은 말이었다.

"사실 어제 그림을 가져갈 생각은 아니었어. 단지 돌려주기 아쉽다고 생각했는데……. 사람이 오는 바람에 깜짝 놀라서 나도 모르게 가지고 나와버렸어……."

"하지만 내 그림에는 색이 없어서 그렇게 큰 가치는 없어. 아무리 연습해도 색을 칠할 수가 없거든."

"아니야. 모토미야의 그림에는 색이 있어. 이 그림 속의 여성은 금발이고, 구름 하나 없는 파란 하늘 아래에서 그 금빛 머리카락이 반짝반짝 빛나고 있잖아. 네 그림을 보고 그렇게 보였다는 사실이 너무 기뻤어."

놀랐다. 내가 상상한 이미지를 그대로 맞췄다. 아니, 맞춘 것이 아니다. 미나세의 눈에는 정말로 색이 보인다. 뚜렷하게 보인다. 아마 그림을 그린 나보다 더 선명히 보고 있을 것이다.

"정말 아름다운 그림이야……."

미나세는 그렇게 중얼거리며 여전히 그림을 뚫어져라 바라보고 있었다. 애틋하고 슬픈 미나세의 표정이 내 기억에 스며들었다.

"그런 그림이라도 괜찮다면 줄게."

"아, 아니야. 받을 수 없어. 이렇게 예쁜 그림을 내가 받기는 너무 미안해."

어차피 혼자 그리고 혼자 만족하는 그림이다. 누군가가 필요로 한다면 기쁜 마음으로 양보할 수 있다.

"그러면 지금부터 같이 그림을 그리자. 그림을 그리고 마지막에 서로 교환하는 거야. 그렇게 하면 나도 기쁘게 그림을 받을 수 있어. 친해진 기념으로 어때?"

의외의 제안이었다. 하지만 미나세의 그림에 흥미가 생겼다. 내 그림에서 색을 보는 사람은 어떤 그림을 그릴까.

"좋아. 하지만 돌아가는 시간이 늦어질 텐데."

"모토미야만 괜찮다면 나는 아무 상관없어."

"가족이 걱정하지 않아?"

"괜찮아. 신경 쓰지 않아도 돼."

가족이라는 말을 꺼낸 순간, 왠지 모르게 미나세의 표정이 어두워진 듯했다. 가족이라는 주제는 경솔한 선택이었다. 나도 누가 물어보면 흔쾌히 대답하기 힘든 가정 환경이니까.

"그러면 시작하자. 학교 경비원이 순찰하러 오기 전에 끝내기로 하고."

"응."

그 대답과 함께 미나세의 얼굴에 희미한 미소가 피어오른 것 같았다.

오늘 하루 종일 지켜본 결과, 미나세는 감정 기복이 적은 듯했다. 아마 감정 표현이 익숙하지 않은 사람일 것이다. 방금 본 미소는 미나세가 학교에 와서 처음 보인 미소였다. 그 미소가 나만을 향한다고 생각하니 마음이 간질간질했다.

그나저나 이토록 감정이 희미한 미나세가 사람이 없는 틈을 타서 눈물을 줄줄 쏟아냈던 어제 상황을 '비정상적'이라고 느끼지 못했다는 점이야말로 나의 가장 큰 실수였다.

"에취."

사랑스러운 재채기가 복도에 울렸다.

그림을 그리기 시작하고부터 약 세 시간. 우리는 시간을 잊고 책상에 앉아 있었다. 거의 대화를 나누지 않고 서로의 세계에 몰두했다. 자신의 세계를 그리는 중이었다. 그러나 시계의 짧은 바늘이 남서남 방향을 가리켰을 때, 교실 문이 열렸다.

교실에 들어온 파란 작업복을 입은 중년 남성에게 주의를 듣고 그림을 완성하는 것은 포기해야 했다. 그리고 지금 우리는 집에 돌아가기 위해 학교 복도를 걷는 중이다.

"다 못 그렸네."

"그러게. 오래간만에 그림을 그렸더니 감각이 둔해졌어."

"그게 둔해진 거야? 무척 잘 그리던데."

그렇다. 미나세의 그림은 나와 비교조차 할 수 없을 만큼 훌륭했다. 정교하다고 해도 좋다. 그것은 학생이 그린 그림 수준이 아니라 확실한 예술성을 갖추고 있었다.

고등학생이라는 나이에 그렇게 높은 수준의 그림을 그릴 수 있는 사람은 아마 없을 것이다. 내 척도로는 차마 측정할 수 없는 영역의 그림이었다. 미술관에 전시되어도 틀림없이 그 뛰어난 예술적 감각은 유명한 예술가들의 작품 사이에서 두각을 드러낼 테다.

적어도 나는 지금까지 본 그림 중에서 미나세가 그린 그림보다 아름답다고 느낀 걸 본 적이 없다.

미나세는 아름다움을 체현하는 존재가 아닐까. 그리는 그림도, 그림을 그리는 본인도 두말할 필요 없이 아름답다. 무척 진부한 표현이지만, 아름답다는 말 외에는 할 수 있는 말이 없었다.

"혹시 그림을 배웠어?"

"그런 셈이지. 그걸 배웠다고 해야 할지 모르지만."

묘하게 애매모호한 대답이었다.

"모토미야야말로 그림을 배웠어?"

"아니. 내 그림은 독학이야. 가족이 그림 그리는 걸 좋아해서 영향을 받았어. 본격적으로 그리기 시작한 건 중학생 때야."

정확히 말하자면 독학이라기보다는 나만의 스타일이다.

"나도 비슷해. 부모님이 미술 쪽 일을 하셔서."

그렇구나. 어릴 때부터 부모님에게 회화 테크닉을 배웠을 수도 있다. 그렇다면 그 뛰어난 실력도 이해가 간다. 타고난 재능까지 더해져서 꽃을 피웠을 것이다.

"그런데 오래간만에 그림을 그린다고 했지?"

"응. 4개월 전부터 자취 중이거든. 그때부터는 부모님이 지켜보지 않아서 억지로 그림을 그릴 필요가 없었어."

그렇게 말하는 미나세의 목소리는 무덤덤했고 얼굴에서는 표정이라고 부를 만한 움직임이 사라졌다. 가족이 화제에 오르면 미나세의 분위기는 순식간에 어두워진다. 아마 건드리길 원하지 않는 영역일 것이다. 누구에게나 그런 부분은 있는 법이니까.

"그렇구나. 나도 자취하는데. 고등학생 중에서는 드문 편이잖아."

그렇게 말하자 미나세는 조금 놀란 표정으로 나를 올려다봤다.

나도 자취 중이다. 하지만 내가 원한 일은 아니다. 그럴 수밖에 없는 이유가 있어서다. 고등학생이 혼자 산다는 건 상당히 버거운 일이지만, 그래도 나는 그래야만 했다. 그러니 미나세도 자취하는 데에는 특별한 이유가 있을 테고, 그 이유를 묻는 것은 경솔한 짓이다. 게다가 무엇보다 나와 미나세는 오늘 처음 대화를 나눈 사이였다.

"그러면 우리는 똑같네."

"…똑같나?"

"아마 그럴 거야. 나는 어제 모토미야를 만났을 때 거울을 본 줄 알았어."

"그건 너무 과한 표현 아니야?"

"조금은? 후후, 나는 모토미야만큼 붙임성이 없지는 않으니까."

"너무하잖아!"

"아니야. 붙임성은 내가 더 좋을걸?"

희미하지만 장난에 성공한 아이 같은 표정. 미나세를 둘러싼 분위기와 달리, 그 나이대의 소녀가 보일 법한 표정이었다.

"하지만 정말로 비슷한 점이 있다고 생각해."

"……."

"오늘 하루 종일 보면서 생각했어. 모토미야라면 이런 나하고도 대화를 나눠줄 수 있을 거라고."

"무슨 소리야. 다른 사람들도 미나세랑 대화하고 싶을 텐데."

"그건 새로운 사람에 대한 호기심에 불과해. 틀림없이 흥미가 떨어지면 눈앞에서 사라질 거야."

그것은 내게도 익숙한 말투였다. 역시 우리는 비슷한 걸까?

"나도 그럴 수도 있잖아?"

"모토미야는 아닐 거야."

무척 진지하게 확신하는 바람에 나는 조금 당황했다. 사람들과 관계를 끊었던 내가 미나세와는 만나자마자 이렇게 오래 대화를 나눌 수 있다는 사실에 솔직히 놀라긴 했다. 서로 비슷해서 대화가 편한 걸까. 나는 이 수수께끼가 많은 아이에게서 무엇을 느꼈을까.

"내 멋대로이긴 하지만 적어도 나를 이해해 줄 사람이라고 생각하고 있어. 네 그림을 본 순간부터."

또 내 그림 이야기다……

"나한테는 아무 기대도 하지 않는 편이 좋아. 나는 아무것도 만들어내지 못하니까. 오히려 잃기만 하지. 그림도 부족한 것이 너무 많아. 색도 그렇지만 아무리 기술이 뛰어나도 내 그림에서는 감정이 느껴지지 않거든."

"그래도 내 마음에는 모토미야의 그림이 보여. 그러니까 내게 모토미야의 그림은 눈부신 존재야."

나는 미나세가 하는 말을 이해할 수 없었다. 미나세는 무엇을 보고 무엇을 생각할까. 미나세의 전부가 나와는 다르게 느껴졌다. 말 하나하나에 큰 의미가 있는 듯하면서도 종잡을 수 없는 미나세에게 나는 흥미를 느끼고 있었다.

이 아이의 이해자가 되고 싶다. 하지만 역시 아무것도 보지 못하는 내 힘으로는 그 무엇도 바꿀 수 없다. 우리의 공통점은 모종의 이유로 자취하며 홀로 지내는 고등학생이라는 점이다. 내게 보이는 사실은 그것뿐이다.

과연 미나세에게는 우리 두 사람의 모습이 어떻게 보일까. 미나세의 마음에는 내 그림이 어떻게 보일까.

그리고 신발장이 보일 때까지 우리 사이에는 침묵이 맴돌았다. 그런 우리에게 들리는, 비가 땅을 두드리는 소리는 혼자가 아니라고 격려하는 듯했다. 그 빗소리가 점점 커질 때마다 학교 출구에 가까워졌고, 정신을 차리니 중앙 현관에 도착했다.

눈앞에 펼쳐진 검은 하늘. 여름을 목전에 둔 장마의 마지막 몸부림인 양 강하고 거친 빗소리를 내고 있다. 우리의 귀갓길이 무사할지 불투명해졌다.

"…내 우산이 없어."

아침에 쓰고 온 우산이 학교 우산꽂이에서 모습을 감췄다. 아마 누군가 쓰고 갔을 것이다. 학교라는 교육 기관에서는 이런 경우 항상 가져간 사람이 아니라 제대로 관리하지 않은 사람이 나쁘다는 결론을 내놓는다. 귀갓길을 생각하며 불안함에 머리를 싸매자 작게 정돈된 무언가가 눈앞에 나타났다.

"괜찮으면 이걸 쓰고 가. 접이식 우산이라 남자인 모토미야한테는 작을 수도 있지만……."

그것은 흰색 바탕에 파란색 물방울무늬가 수놓아진 접이식 우산이었다. 미나세는 우산을 펴고 내게 건넸다. 일반적인 우산보다 한 둘레 작은 우산을 든 미나세는 그 우산의 크기 때문에 어딘지 모르게 어려 보였다.

"아니야. 내가 빌리면 미나세는 어떻게 집에 가려고. 다른 우산이 있으면 몰라도 그게 아니라면 받을 수 없어. 미나세가 젖잖아."

"체육복을 빌려준 답례야. 사양 말고 써도 돼."

사양하지 말라고 했지만, 체육복을 입은 채로 젖으면 문제가 생긴다는 사실을 알고 있는 내가 여기서 물러설 수는 없다. 끝까지 버텨야 한다.

"아니야. 미나세가 젖으면 소용이 없잖아. 내가 이 우산을 쓸 수는 없어."

"그러면 버려도 돼. 싸구려니까."

이 반응을 보니 미나세는 고집이 셀 수도 있겠다는 생각이 들었다.

"알았어. 그러면 이렇게 하자."

"어…?"

내 가슴에 우산을 들지 않은 손을 가져다 댔다. 손바닥에 일정한 간격으로 살아 있다는 증거인 심장 박동이 전해졌다. 하지만 지금은 그 증거가 너무 강하게 자기주장을 하는 느낌이다. 거센 박동이 교복 너머로도 선명히 전해졌다. 그것은 지금 상황에 대한 긴장 때문일 것이다.

"앗."

오른쪽 어깨에 전해지는 가벼운 감촉. 툭, 닿는 서로의 어깨. 긴 침묵 사이로 드문드문 들리는 서로의 호흡.

결국 두근두근, 콩닥콩닥 뛰는 가슴을 안고 나와 미나

세는 비를 피하며 가장 가까운 역을 향해 걷고 있다. 둘이서 우산 하나를 같이 쓴 채로 말이다.

"역시 모토미야가 혼자 우산을 쓰는 편이 낫지 않을까. 왼쪽 어깨가 다 젖었잖아."

"그건 둘 다 마찬가지야. 오히려 미나세가 써야지. 네 우산이니까. 게다가 둘이 같이 우산을 드는 건 별로잖아?"

또 시작됐다. 조금 전에도 둘이 우산을 쓰자는 내 제안을 수락하기는 했지만, 누가 우산을 들지 옥신각신하느라 상당한 시간을 소모했다. 최종적으로는 키가 큰 내가 우산을 드는 편이 비를 제대로 피할 수 있다는 결론에 도달했지만, 여전히 미나세는 마음에 들지 않는 기색이었다. 가녀린 동급생 여학생이 우산을 씌워주는 남학생이라니 내 체면이 말이 아니다.

"그건 괜찮아. 그냥 나 때문에 모토미야가 젖는 게 싫을 뿐이야⋯⋯. 그러니까 나를 위한 일이라고 생각하면 안 될까?"

나를 위한 일이라니. 만약 그런 짓을 한다면 내 죄책감이 용서하지 않을 것이다. 정말이지 미나세는 고집이 세다.

"그러면 내 체육복이 젖지 않게 제대로 우산 속으로 들어와."

"…그건 치사하잖아."

아예 미나세의 죄책감을 역으로 이용하려고 짓궂은 말을 했더니 효과가 확실했다. 그대로 과감하게 비에 젖지 않도록 미나세 쪽으로 우산을 기울였더니 "안 돼. 너무 기울었잖아."라고 말은 하지만 밀어내지는 않았다.

"첫 고등학교 생활은 어땠어?"

생각해 보니 오늘은 미나세의 첫 등교였다. 지금은 이렇게 편하게 대화를 나누고 있지만, 나는 미나세와 오늘 처음 대화했다. 초면—정확히는 어제 만났지만—에 이렇게 편하게 대화할 수 있다는 사실은 어쩌면 내게는 하나의 쾌거라 할 수도 있다. 아마 아까 말했듯이 우리가 서로 비슷하다고 느꼈기 때문일 것이다.

"전부 새로워서 당황스럽기도 했지만 즐거웠어. 나는 초등학교도 중학교도 제대로 못 다닌 만큼 모르는 게 많아서 무척 흥미로웠어."

그 말에는 거짓은 없는 듯했지만 어딘지 모르게 슬픈 목소리였다.

"모르는 게 있으면 반장인 미즈키한테 물어봐. 미즈키라면 흔쾌히 알려줄 테니까."

"모토미야는 안 알려줄 거야…?"

"나하고는 가까이 지내지 않는 편이 좋아. 다른 사람도 좋지 않게 생각할 테고. 모처럼의 첫 고등학교 생활이잖아."

"어째서?"

"나는 반에서 고립됐으니까. 나랑 가까이 지내면 미나세도 고립될 거야."

내가 말하면서도 슬프지만, 어쩔 수 없는 사실이다.

"그러면 나도 혼자 지낼래."

"왜 그런 답이 나오는데."

"그야 모토미야의 그림을 보고 싶으니까……."

"내 옆자리니까 언제든지 볼 수 있잖아. 그러니까 고립되지 말고 친구를 만들어."

"모토미야한테 그런 말 듣고 싶지 않아."

무언가가 내 가슴을 푹 찔렀다. 하지만 맞는 말이라 할 말이 없다.

"나는 괜찮아. 친구를 못 만드는 게 아니라 안 만드는 거니까."

'못'과 '안'에 악센트를 주면서 말했다.

"그런 말을 하는 사람일수록 친구를 못 만들잖아."

나를 향한 미나세의 말이 점점 거침없어진다. 표정이 희미한 얼굴로 말하다 보니 무방비한 가슴에 그대로 말이

와닿았다.

"솔직히 말하면 나는 다른 사람과 가까이 지내고 싶지 않아."

그래서 본심을 말했다.

"나도 그 마음은 잘 알아. 하지만 그래서는 아무것도 바뀌지 않아. 만약 그런 마음이었다면 나는 학교에 오지 않았을 거야."

"응, 그것도 맞는 말이지."

바뀌어야 한다. 그것은 내가 줄곧 품고 있던 생각이기도 했다.

"내가 보증할게."

"뭘?"

"바뀌려고 하면 좋은 일이 생긴다는걸."

"근거를 물어도 될까?"

"나는 용기를 내서 등교했다가 모토미야를 만났으니까."

그렇게 말하는 미나세의 온화한 표정을 보고 할 말을 잃었다.

"벌써 역에 도착했네. 조심해서 가."

어느새 역에 도착한 듯했다.

"어? 미나세는 전철 안 타?"

"나는 안 타. 그러면 내일 학교에서 만나. 아, 체육복 빌려줘서 고마워."

꾸벅 인사한 미나세는 잰걸음으로 왔던 길을 되돌아갔다.

"어라."

나는 물방울무늬가 수놓아진 작은 우산을 든 채 멍하니 서 있었다. 이 상황을 요약하자면, 학교 근처에 사는 미나세는 비가 내리니 내게 우산을 양보하기 위해 빌려주겠다고 나섰다. 하지만 내가 그 제안을 받아들이지 않아서 역까지 같이 오는 헛걸음을 했다. 처음부터 그냥 우산을 빌리는 편이 훨씬 나았다는 것은 두말할 필요도 없다.

"내일 고맙다고 해야겠다."

하늘을 올려다보니 빗발이 많이 약해졌다. 밤이 깊어질수록 비가 많이 내린다는 일기예보는 아무래도 빗나갈 듯하다. 우산을 접은 나는 만원 전철에 타기 위해 각오를 다지고 역 안으로 걸음을 옮겼다.

집에 도착했을 무렵에는 비가 그쳤다. 평범한 주택가에 있는 평범한 주택. 그곳이 내 집이다. 하지만 그 집은 내게 무척 넓게 느껴졌다.

"다녀왔습니다."

대답은 없다. 아무도 없으니 당연하다. 어둡고 조용한 복도를 지나 거실에 들어가서 조명을 켰다. 젖은 가방을 내려놓고 습관이 된 일과를 처리한다. 욕조에 물을 받고, 셔츠를 벗고, 간단하지만 양은 넉넉한 저녁을 만들었다.

그렇게 일과를 마치고 다다미방에 마련된 불단 앞의 방석에 무릎을 꿇고 앉아 조금씩 덜어낸 저녁을 올렸다. 그런 행위로 자취의 슬픔을 잊으려고 하는 걸지도 모른다.

"엄마, 다녀왔습니다."

나는 한 장의 사진을 향해 인사를 건넸다.

"늦어서 미안해. 오늘은 즐거운 일이 있었어. 이유는 모르지만 두 달 반이나 늦게 학교에 온 미나세라는 애가 내 옆자리에 앉게 됐거든. 그런데 어쩌다 보니 방과 후에 같이 그림을 그렸어. 무척 즐거웠는데, 심지어 미나세의 그림이 너무 멋져서……."

이것도 일과 중 하나다. 돌아가신 어머니에게 전하는 근황 보고.

내 인생의 가장 행복했던 시절은 초등학교 저학년 무렵이었다. 이상적인 어머니와 장난꾸러기 아버지, 혈연으로 따지면 사촌이지만 집안 사정으로 함께 지냈던 한 살

어린 여동생, 그렇게 구성된 네 가족이었다.

그러나 행복과 불행이 한 글자 차이인 것처럼, 가족 중 한 명이 빠지면 순식간에 행복이 불행으로 바뀐다.

초등학교 4학년 여름, 어머니가 병으로 세상을 떠났다. 그 슬픔을 견디지 못한 아버지는 나와 여동생을 두고 집을 나가 2년 후에는 소식이 끊겼고, 조부님은 곧바로 여동생을 데려갔다.

나도 조부모님이 데려갈 예정이었지만, 어머니가 없는 현실을 직시해야 한다는 사실이 두려워 홀로 이 집에 남았다. 그것도 중학교 3년 내내. 이 집이라면 어머니의, 가족의 흔적이 남아 있으니까.

그래서 나는 자취 중이다. 자금은 아버지가 남긴 저금으로 어떻게든 충당하고 있다. 참고로 헤어진 후에는 아버지와도, 여동생과도, 조부모님과도 만나지 않았다.

주변에서는 그런 나를 두고 악마 혹은 역귀라며 쑥덕이는 눈치였다. 어머니가 세상을 떠났을 때는 친절하게 대해주던 사람들도 지금은 인사는커녕 눈도 마주치지 않는다.

하지만 내가 할 수 있는 말은 없다. 실제로 나와 가까운 사람은 모두 불행해졌다. 그래서 나는 필요 이상으로 타인과 가까워지는 일을 피하며 생활하고 있다. 적어도 다른 사람에게 폐를 끼치는 일은 없어야 하니까.

"자, 저녁 먹자."

자취 경험이 있는 사람은 공감하겠지만, 혼자 있는 시간이 많으면 자연스럽게 혼잣말이 많아진다. 나는 일어나서 부엌으로 향했다. 간단한 미소 장국과 즉석밥, 냉장고에 남아 있던 채소와 고기로 만든 볶음 요리를 그릇에 담고 내 몫의 식사를 준비했다. 나를 위해 정성스러운 요리를 할 생각은 들지 않는다. 그저 직접 요리하는 것만으로 충분하다.

"그나저나 예쁜데 신기한 그림이네."

장국을 한 입 먹고 싱겁다고 생각하면서 눈앞의 그림을 보았다. 나와 미나세는 경비원에게 주의를 듣고 집에 돌아갈 준비를 하며 기념으로 그리다 만 그림을 교환했다. 그것을 눈앞에 펼쳐두고 있자니 독특한 그림에 저절로 빠져들었다.

흑백으로 그린 내 그림과는 대조적으로 미나세의 그림은 다채로웠다. 색연필만으로 그린 그림은 미술품에 가깝다고 느껴질 정도의 완성도를 자랑했고, 미나세가 자신만의 세계를 가지고 있다는 사실을 증명하고 있었다.

하지만 동시에 섬뜩하기도 했다.

나와 미나세가 오늘 그린 그림은 반에서 바라본 운동장의 모사였는데, 그 그림은 도저히 우리가 다니는 학교의 운동장으로 보이지 않았다.

나는 검은 하늘에서 쏟아지는 빗방울이 강하게 내리치는 운동장을 그렸지만, 미나세의 그림에는 애초에 비가 내리지 않았다. 검은 하늘은 군청색에서 아주르 블루로 바뀌는 그러데이션으로 표현된 푸른 하늘로 바뀌었고, 운동장에는 색색의 풀과 꽃이 피어 있다. 그것은 마치 꽃밭처럼 보였다. 주변 주택가의 불빛에서는 가정적인 포근함이 느껴졌다. 그리고 그 세계에는 희미하게 빛나는 눈이 내리고 있다.

한여름에 내리는 눈 풍경 혹은 한겨울에 피어난 꽃밭처럼 뭐라고 표현하기 힘든 세계가 펼쳐져 있었다. 운동장 주변의 익숙한 건물 덕분에 그나마 학교에서 본 풍경이라는 사실은 알 수 있었다.

그림뿐만 아니라 결코 아름답다고 할 수 없는 검은 풍경을 보고도 환상적인 그림을 그리는 미나세에게 실례되는 표현이지만, 섬뜩함을 느꼈다.

나, 네 그림이 좋아.

미나세의 이 말이 뇌리를 스쳤다. 색이 넘치는 그림을 그리는 미나세가 무슨 생각으로 색이 없는 내 그림이 좋다고 말했을까. 왜 모사인데 실제와는 전혀 다른 그림을 그렸을까. 무언가 특별한 이유가 있지 않을까.

"너무 깊이 생각했나."

욕조의 물이 다 데워졌다는 알림 소리가 들려왔다. 일단 지금은 휴식이 먼저다. 오늘따라 정신적으로 피곤했다. 타인과의 소통이 이렇게 힘들다는 사실을 몰랐다. 과거의 나는 이런 일들을 아무렇지 않게 해냈다니. 그저 놀라울 따름이었다. 그나저나 내가 다른 사람에게 흥미를 느낀 것은 혼자 지낸 이후로 처음 있는 일이었다.

목욕을 마치고 2층에 있는 내 방에서 일기를 썼다. 이것도 내 습관 중 하나다. 일기에는 그날 있었던 일을 그림으로 그린다.

5월, 6월의 비슷한 일기를 넘기고 7월 1일이라고 적힌 페이지를 펼쳤다. 거기에 오늘 있었던 일을 기록했다. 우리 반의 빈자리가 채워졌다는 내용, 미즈키를 대하기가 쉽지 않다는 내용, 그리고 미나세에 관한 내용을 적었다.

일기를 다 쓰고 내가 그린 그림 대신 미나세에게 받은

그림을 끼워 넣고 일기장을 닫았다. 7월에 들어 드디어 내 일기에는 색이 깃들었다. 미나세가 준 색이었다. 마치 내 일상도 미나세가 선명하게 물들여 줄 것만 같았다.

안심한 나는 크게 하품을 했다. 수마를 거스를 생각은 들지 않았기에 물 흐르는 듯한 동작으로 침대에 파고들어 눈을 감았다.

"모자를 돌려줘야지."

미나세와 처음 만났을 때 두고 간 물건이다. 적당한 때에 돌려줘야겠다.

수마는 조금도 손길을 늦추지 않고 나를 잠의 세계 깊은 속에 있는 꿈의 세상으로 이끌었다. 이렇게 내 하루가 끝나간다. 재미없는 나날을 보내는 내 일상에서 큰 변화를 겪은 날이었다. 고등학교에서 처음 맞이하는 7월. 무언가가 바뀔 것 같은 예감이 들었다.

다음 날, 학교에서의 시간은 아무 일도 없이 지나갔다.

미즈키가 가끔 말을 걸었지만, 어제 의기투합한 듯했던 미나세는 말을 걸지는 않았다. 나도 딱히 용건이 없었기에 말을 걸지는 않았다. 군이 용건을 말하자면 아침에 어제 빌린 우산을 돌려준 일 정도였다.

그리고 나는 오늘도 그림을 그리지 못했다. 빈자리가 채워져서 내 그림의 모델은 미나세가 됐지만, 허락 없이 타인을 모델로 삼기는 불편하고 그렇다고 해서 모델을 부탁할 생각도 들지 않았다.

그대로 설렁설렁 수업 내용을 반쯤 기계적으로 베끼는 작업을 여섯 번 정도 반복하다 정신을 차리니 방과 후가 되어 있었다.

오늘은 그림을 그리지 않았기 때문에 방과 후에 남아 있을 이유는 딱히 없었다. 그래서 드물게 빨리 집에 돌아가 느긋하게 공들인 저녁 식사를 만들어야겠다고 생각하며 집에 돌아갈 준비를 하고 있었다.

"으음, 일단 일식, 양식, 중식 중에 골라야지. 준비에 시간이 오래 걸리는 메뉴는 빼고……."

오래간만에 제대로 만드는 요리라는 생각에 메뉴 선택부터 힘을 주게 된다. 그때 왼쪽에서 작은 목소리가 들렸다.

"잠깐만……."

"무슨 일이야?"

"……."

내 질문에 대한 대답은 돌아오지 않았다. 오랜 침묵. 그 사이에도 우리를 제외한 동급생들은 교실을 나서고 있었다. 항상 늦게까지 남아서 잡담하는 여학생들도 오늘은 일찍 집에 가는 듯했다. 시간이 지날수록 내 머릿속에서는 시간 내에 만들 수 있는 메뉴가 하나둘 지워져 갔다.

"안녕, 모토미야! 유에!"

말하지 않아도 알겠지만, 힘차게 인사하는 사람은 미즈키다. 미나세도 나처럼 누가 말을 거는 일이 익숙하지 않은지 당황한 모습이었다. 나와 미즈키는 완전히 똑같은 동작으로, 완전히 똑같은 타이밍에 손을 살짝 좌우로 흔들며 인사에 답했다.

몇 분 지나지 않았는데도 교실에는 나와 미나세만 남았다. 잠시 후, 미나세가 입을 열었다.

"아무래도 사람이 많은 데서 목소리를 내는 게 부끄러워서……."

"아, 나도 항상 그런 생각을 하는데."

혼자 지내는 시간이 많은 사람 사이의 공감대를 발견하자, 그 자리에 작은 웃음이 터졌다. 미나세는 이미 고립되고 있었다. 처음에는 전학생처럼 여기며 남녀 모두가 미나세에게 관심을 보였지만, 오늘 방과 후가 될 무렵에는 미나세의 반응이 밋밋하다는 사실을 깨닫고 다가오는 사람이 차츰 줄어든 상태였다.

희미한 감정과 남다른 미모 덕분에 남학생들 사이에서는 그림의 떡이자 곱게 자란 공주님이라 불렸고, 여학생들 사이에서는 예쁘지만 무뚝뚝하다고 평가받았다.

교내 계급 상위권에 위치하는 미즈키의 그룹이 미나세에게 점심을 같이 먹자고 제안했지만, 정중하게 거절한 듯했다.

"그나저나 나한테 무슨 용건이라도 있어?"

"용건이라고 할 만큼 대단한 일은 아닌데……. 불러 세워서 미안해."

"괜찮아. 어차피 집에 가도 할 일은 없으니까. 그래서 무슨 일인데?"

"오늘은 그림을 안 그리는 것 같아서 말을 걸었어. 항상 방과 후에도 남아서 그림을 그린다고 해서, 보고 싶었거든."

"그랬구나. 하지만 오늘은 그림을 안 그렸어. 정확히 말하면 그릴 수 없는 상태야."

"어째서?"

"내가 그리는 그림의 모델은 어제까지 빈자리였던 미나세의 자리야. 교실에 하나만 빈자리가 있는 게 이상하다고 생각했거든. 분명히 뭔가 이유가 있다고 생각하고 그 자리에 앉을 사람을 상상하면서 그림을 그렸어."

그리고 네가 그 자리를 채웠지. 나는 그렇게 마음속으로 혼잣말을 되뇌었다.

"하지만 내가 빈자리를 채우고 모토미야의 공상이 현실이 되면서 그림을 그릴 수 없게 됐구나."

"응. 그런 셈이지."

미나세는 눈치가 무척 빨랐다.

"그렇구나. 금발에 서양적인 외모를 가진 여자가 모토미야의 취향이구나."

"아, 아니! 그런 건 아닌데……."

미나세가 가지고 간 그때의 그림을 두고 하는 말이다. 그렇게 말해버리면 지금까지 다양한 사람을 그려온 내 이성 취향이 아주 복잡해진다.

"농담이야, 후후."

장난스럽게 말한 미나세가 웃었다. 희미했지만 확실히 웃음이라고 할 수 있는 표정이었다. 미나세도 또래의 여자아이라는 사실을 나는 뒤늦게 이해했다.

"하지만 그림을 못 그리면 곤란한데."

"맞아. 습관이라서 학교에서 시간이 너무 많이 남아.

쉬는 시간이나 지루한 수업 시간 같은 때."

"수업은 제대로 들어야지. 하지만 맞는 말이야……. 오늘 나도 생각했는데, 혼자 학교생활을 하면 조금 지루할 것 같아."

"미나세는 조금만 더 붙임성 좋게 행동하면 금방 친구가 생길 텐데."

그렇게 말하자마자 실언했다는 사실을 깨달았다. 반대로 말하면 지금은 붙임성이 없다는 뜻이다.

"모토미야한테 그런 말을 듣고 싶지 않아. 그쪽이야말로 내게 지지 않을 만큼 붙임성이 없잖아. 나는 괜찮아. 난 프로 외톨이니까. 이 분야의 프로라고. 그리고 외톨이 경력은 내가 더 오래됐을걸?"

그런 말을 하는 미나세는 내 실언을 전혀 신경 쓰지 않는 기색이었다. 이런 성격인데 도대체 왜 친구가 안 생기는 걸까.

"게다가."

"응?"

"게다가 나는 또래 여자아이들과 유행하는 드라마 얘기를 하는 것보다 말없이 모토미야와 그림을 그리는 게 더 즐겁다는 사실을 깨달았거든."

"그런 평가는 너무 과분한데."

솔직한 심정이었다. 물론 부끄러워서 무뚝뚝하게 말했다는 점은 부정할 수 없다. 하지만 나도 똑같았다. 사람과의 소통을 최대한 피하는 나지만, 솔직히 어제 미나세와 보냈던 시간은 즐거웠다. 조금이라도 마음이 통했다는 사실에 편안함마저 느꼈다.

나는 이 아이에게 마음을 여는 일에 그다지 큰 거부감을 느끼지 않는다. 경계심이 약해진다고 할 수도 있다. 그 이유는 알 수 없지만 말이다.

"그러면 남은 시간과 마음을 써서 그림을 그리자."

"그런데 뭘 그려야 하는지 모르겠어."

"지금까지 해왔듯이 옆자리를 그리면 돼. 나를 인물화 모델로 삼으면 되잖아."

"어?"

"내 모습을 그림이라는 형태로 남겨달라고 말한 거야. 지금까지 상상으로 그리던 인물을 나로 대체하면 돼."

"그건 이해했는데 괜찮겠어?"

"내가 먼저 말을 꺼냈으니까 당연히 괜찮지. 오히려 그려줬으면 하는데……."

"알았어. 그러면 내일 미나세를 모델로 그림을 그릴게."

"아니. 지금부터 그려야지."

"진심이야? 또 어제처럼 집에 가는 시간이 늦어질 텐데."

"당연히 진심이지. 오늘은 비도 안 내리니까 걱정도 없고, 만약 비가 내려도 돌려준 우산이 있잖아."

미나세가 아침에 돌려준 우산을 보여줬다.

"비는 걱정이 안 되는데⋯⋯."

내 저녁 메뉴는 초밥도, 아라비아타도, 마파두부도 아닌, 어제와 같은 메뉴로 정해졌다. 그리고 만원 전철에 짓눌리는 귀갓길도 정해졌다.

"그나저나 미나세는 나를 무척 편하게 대하네. 거리낌이 없어졌다고 해야 하나."

쓴웃음이 나왔다. 처음에는 차분하다고 생각했지만, 알고 보니 고집도 세고 가끔은 희미하게 웃는 얼굴도 보여준다. 만나고 겨우 하루밖에 지나지 않았다고 생각할 수 없을 만큼 나를 편하게 대하고 있다.

하지만 그런 미나세의 자연스러운 표정이 내 안에 스며들면서 묘하게 가슴에 걸려 답답하고 간질간질한 느낌이 퍼졌다.

"후후, 내가 미야모토에게 비슷한 무언가를 느꼈기 때문이 아닐까?"

지금처럼 미소를 짓기도 한다. 이런 얼굴로 웃을 줄도 아는구나. 그런 생각을 하며 나도 모르게 넋을 놓고 보게 된다. 미나세의 희미하면서도 확실한 감정이 담긴 표정을 나는 무의식적으로 좇고 있었다. 그 사실을 깨닫자 가슴이 어렴풋이 뜨거워졌다.

"왜 그래? 나는 이미 모델이 될 준비를 마쳤는데."

"아직 나는 그리겠다는 말은 안 했는데."

그렇게 말하면서도 나는 도화지와 연필을 준비했다.

"하지만 모토미야는 분명히 그릴 거야."

나는 미나세가 기뻐하는 모습을, 웃는 얼굴을 보고 싶다는 이유 하나만으로 그림을 그리고자 준비했다. 난 의외로 단순한 인간인 모양이다.

"알았어. 그러면 아무것도 의식하지 말고 편하게 책을 읽어줘."

"책을 읽으면 돼? 응, 알았어."

책을 읽어달라고 말한 건 모델의 지루함을 해소하기 위한 내 나름의 배려였지만, 어쩌면 기우에 불과했을지도 모른다. 미나세는 내가 그림을 그리는 모습을 보고 싶은 모양이었다. 하지만 그러면 내가 집중하기 힘드니 역시 책을 읽는 편이 낫다.

"그림은 완성하고 나서 보여줄게. 그러니까 신경 쓰지 말고 책을 읽어."

알았다고 대답한 미나세는 이윽고 이야기의 세계에 빠져들었다. 그나저나 예상은 했지만, 미나세는 책을 들고 있기만 해도 그림이 된다. 물론 말 그대로 나는 지금부터 미나세를 그림으로 그릴 예정이지만 말이다.

이렇게 우리의 그림 모임이 시작됐다.

미나세는 줄곧 "모델이 되면 이렇게 부끄럽구나……." 라고 말했지만, 끝날 무렵에는 즐기고 있는 기색이었다. 그림은 두 시간도 안 돼서 완성됐다. 가볍게 그린 그림이었지만 미나세는 마음에 든 듯했다.

"내 머리색은 이런 갈색이었구나."

흑백으로 그린 내 그림을 본 미나세가 당연하다는 듯이 그런 감상을 말했다.

"혹시 이상해?"

"그런 게 아니니까 걱정하지 마. 그냥 모토미야가 보는 내 머리카락이 이렇게 예쁘다고 생각하니까 조금 기뻐서 그랬어. 예쁜 갈색이라 정말 다행이다."

왠지 무척 부끄러운 말을 들은 것 같다. 전혀 신경 쓰지 않았지만, 초상화에는 화가가 모델을 보는 시선이 전부 드러난다. 그것은 상대방에게 직접 예쁘다고 말하는 것보다 묘한 수치심이 느껴지는 일이었다. 실제로 그런 말을 한 적은 없지만 말이다.

"최근에 염색했지? 그러면 머리카락이 어떤 색인지 알 수 있잖아?"

"그건 그런데 이 그림을 보고 처음으로 내 머리카락이 무슨 색인지 알았어."

"무슨 뜻이야?"

"말 그대로야."

그게 대체 무슨 뜻일까.

자신이 보는 것과 타인이 보는 것은 같은 것이라도 다르게 보인다. 그렇기에 타인의 눈에 비치는 모습이, 나라는 타인의 눈에 어떻게 비치는지 알고 싶었던 걸까. 그런 의미에서 본다면 내가 그린 그림은 완전한 타자의 시선이라고 할 수 있다. 그런데 미나세의 말은 과연 그런 의미였을까.

"글쎄? 갈색 머리, 잘 어울려?"

"응. 잘 어울려."

내 그림 속에 그려진 갈색 머리에 만족했는지 미나세가 그렇게 물었다.

"흰머리도 싫지는 않았지만… 역시 갈색이 좋아."

"왜? 교칙을 따라야 하니까?"

그것은 내가 아쉽다고 생각했던 점이었다. 나는 미나세가 처음 학교에 왔을 때 봤던 은백색 머리카락이 무척 아름답다고 느꼈다. 그때의 머리카락을 알고 있으니 살색으로 염색한 모습을 봤을 때 조금 아쉬웠지만, 동시에 역시 교칙 때문에 머리를 물들였다고도 생각했다.

"당연히 그런 이유도 있지."

"그럼 다른 이유도 있어?"

"응. 젊은 사람의 백발은 외국에서도 좀처럼 보기 힘들잖아. 그래서 염색했어. 나는 평범해지고 싶거든."

"평범이라……."

"응. 나는 평범한 게 좋아. 당연한 게 좋고."

"……."

"머리색만이 아니라 나라는 인간이, 일상이, 그 전부가 평범해지길 바라거든."

"그렇게 말하면 미나세가 비정상인 것 같잖아."

"평범하지는 않아."

"……."

"그래서 나는 평범한 행복을 찾고 있어."

"평범한 행복?"

"처음에는 부모의 사랑을 받고 자라면서 나라는 존재를 깨닫는 거야. 그리고 학교에 가서 타인을 알게 되고, 친구도 만들 수 있으면 좋겠어. 철이 들고부터는 반항기를 겪으면서 부모님을 곤란하게 하기도 하고. …때로는 부모님의 소중함을 이해하기도 하는 거지."

그렇게 말하는 미나세의 눈동자는 어딘가 먼 곳을 보는 듯했다. 하지만 곧이어 살짝 눈을 내리깔고 부끄럽다는 듯이 말을 이어갔다.

"그러다가 지금까지와는 다른 '특별히 좋아하는 감정'을 알게 되고 사랑에 빠지는 거야. 자기감정에 휘둘리며 일희일비하고……. 그게 내가 생각하는 평범한 행복이야. 내게는 없는 평범하고 당연한 행복."

"……."

내게도 그런 길을 바라던 시기가 있었다. 어느새 무의식적으로 포기했지만.

"대다수와 다르다는 것은 두려우니까. 하나하나 손으로 더듬으면서 길을 찾아야 하고, 어떻게 될지 해보지 않으면 알 수 없잖아. 앞날을 알 수 없는 그런 일상이 두려워서 나는 계속 제자리걸음을 하고 있어……."

나는 제자리에 머물며 희망도 가능성도 버리고 외톨이가 되기를 선택했다. 지금 다시 생각해도 심장이 조이듯이 답답하다.

"그래서 나는 평범함을 원해. 당연하고 평범한 행복을 원해. 줄곧 그렇게 생각했어."

"그런데 왜 과거형이야?"

"후후, 왜일까?"

"당연히 동경하는 마음은 이해해. 하지만 나는 동경하기만 하고 어떻게 해야 하는지는 몰라. 그러니까 알려줘."

미나세가 이 바람에 대한 답을 알고 있다면 나는 과거에 포기한 것들을 외면할 필요가 없을지도 모른다. 그래서 반드시 알고 싶었다.

"내가 지난번에 했던 말을 기억해…? 바뀌려고 하면 좋은 일이 있을 거라고 했잖아."

미나세가 처음 등교한 날, 집으로 돌아가는 길에 했던 말이다. 바뀌려고, 무언가를 바꾸려고 용기를 내서 학교에 온 미나세가 했던 말. 나는 그 말의 근거를 물었다.

"나는 용기를 내서 학교에 갔더니 모토미야를 만났으니까."

그리고 그 근거는, 바로 나였다.

미나세는 나와의 만남을 좋은 방향으로 받아들인 듯했다. 나 역시 적어도 과거에 품었던 당연한 것들에 대한 동경을 떠올릴 만큼 미나세와 만남 이후의 일상이 마음에 들었다.

나의 일상에 변화를 가져다준 미나세에게 눈을 돌리자, 내 생각을 읽으려는 듯이 그 시선이 날 향하는 바람에 눈이 마주쳤다. 왠지 모르게 눈을 마주할 수 없어서 순간적으로 시선을 피했다.

미나세의 진심에 닿을 것만 같아 어색해진 나는, 억지로 화제를 바꿀 수밖에 없었다. 할 말을 잃은 내게 구원의 손길을 내민 것은 시야에 들어온 미나세의 색연필이었다.

"음……. 그나저나 그 색연필은 항상 가지고 다니네."

"응. 이건 내 부적이나 마찬가지거든."

내가 어쩔 줄 모르는 모습이 웃겼는지 손으로 입가를 가리고 웃던 미나세가 내 질문에 솔직하게 대답해 줬다. 그러나 그 대답이 상당히 예상 밖이라 자연스럽게 주제가 바뀌었다.

"부적?"

"응, 부적. 이건 내가 처음 손에 쥔 화구야. 어디서든 살 수 있는 시판 색연필이지만. 당시에 내가 떼를 써서 받았는데 그 이후로는 손에서 놓을 수가 없더라고."

미나세는 그리워하는 듯한 목소리로 말을 이어갔다.

"물론 색연필 자체는 쓰면 줄어드니까, 닳을 때마다 같은 제품을 사서 이 상자에 보충하고 있어."

"무척 소중한 물건이구나."

색연필 상자에 희미하게 그려져 있는 무지개는, 세월이 흐르며 생긴 무수한 상처 때문에 거의 보이지 않았다. 그건 색연필을 오래 사용했다는 가장 확실한 증거였다.

"소중한 물건이지. 아마도 그럴 거야. 멀어지면 불안해지니까. 밤에도 끌어안고 잘 정도야. 이런 건 정상이 아니겠지."

무언가에 집착하며 안정을 느끼려는 행동은 세계적으로 유명한 만화의 등장인물을 인용해 '라이너스의 담요'라고 불린다. 그리고 누구나 그런 행동을 할 수 있다고 생각한다. 안정을 위해 무언가에 집착한다는 것은 결코 나쁜 행동이 아니다.

"이상하지 않아. 누구에게나 담요는 있으니까. 나도 마찬가지고."

어머니의 불단을 향해 말을 거는 내 습관도 라이너스의 담요와 비슷하다. 미나세의 담요는 색연필일 뿐이다.

"그렇, 지……. 미야모토도 혼자 사느라 불안하겠다. 역시 우리는 비슷하네."

슬픈 웃음이었다. 미나세는 우리가 비슷하다고 말했지만, 사실 그건 틀린 말이다. 나보다 미나세가 훨씬 더 큰 불안을 느끼고 있는 듯했으니까. 물론 둘 다 혼자 살고 있으니 생활 속에서 불안을 느끼는 건 어쩔 수 없다. 하지만 여기서 말하는 것은 그런 단정적인 불안이 아니다.

라이너스의 담요에 대한 집착이 그 사람의 불안에 비례한다고 생각하면, 항상 색연필을 들고 다니고 잘 때도 안고 자는 미나세의 불안은 상상할 수조차 없는 수준이다. 평범함을 바라는 미나세는 어떤 역경에 처해 있는 걸까. 솔직히 말하면 이렇게까지 물건에 집착하는 상태를 평범하다고 할 수는 없다.

미나세, 너는 대체 어떤 불안을 느끼고 있어?

너는 그 안에 뭘 품고 있어? 무슨 생각을 하고 있어? 무엇을 보면서 현재를 살고 있어?

"미나세, 너는……."

딩동댕동.

너는 왜 그런 표정을 지어? 내 목소리는 마지막 하교 시간을 알리는 종소리 너머로 지워졌다.

"미야모토, 이제 슬슬 집에 가자."

미나세는 지금까지 보이던 눈물 없는 울음을 온화한 표정으로 감추고 평소와 같은 모습을 연기했다. 내게 추궁할 빈틈을 줄 생각은 없어 보인다.

"…그래, 집에 가자."

만난 지 얼마 지나지 않았지만, 그동안 가끔 보인 미나세의 애틋한 표정이 신경 쓰였다. 타인과 엮이는 일을 피하던 내가 먼저 타인을 신경 쓰고 고민하고 있다. 미나세는 내가 이해자가 되기를 기대하는 기색이었는데, 어쩌면 나도 미나세에게 무언가를 기대하고 있을지도 모른다.

다만 미나세가 품고 있는 무언가에 내가 발을 들이기에는 아직 공유한 시간도, 나눈 마음의 깊이도 부족했다. 그래서 온화하고 만족스러운 현재를 억지로 바꾸지 않고 그저 평온한 나날을 누리기로 했다.

돌아갈 준비를 하는 미나세를 보니 조금 전 화제에 오른 색연필을 정리하는 중이었다. 자세히 보자 색연필마다 파랑, 빨강 같은 이름이 표기된 테이프가 붙어 있었다. 마치 유치원생이 쓰는 색연필이 떠오른다. 어릴 때부터 쓰던 색연필인 만큼 처음 손이 쥐었을 때의 기쁨을 잊지 않으려고 예전 형태를 그대로 재현하고 있을지도 모른다.

"구름이 노을을 가렸어. 비가 올 수도 있겠다."

"그러게. 어느새 가렸네. 서둘러야겠다."

미나세가 준비를 마친 것을 확인한 나는 자리에서 일어나 오른쪽 어깨에 가방을 걸쳤다.

"자, 비가 오기 전에 돌아가자."

"응."

어제처럼 둘이 어깨를 나란히 하고 집으로 돌아갔다. 나는 그런 일이 당연해졌다는 사실이 기뻤다. 반면, 나 따위가 행복을 느꼈다는 죄책감과 불안감이 존재하는 것도 사실이었다.

그날, 결국 비는 오지 않았다. 다음 날도 그다음 날도 비는 오지 않았고, 상당히 일찍 장마가 끝났다.

이제부터 매미가 우는 계절이다. 해바라기는 하늘을 올려다보고 반대로 사람은 더위에 고개를 숙이는 그런 계절을 앞두고 있었다. 또 여름 방학이라는, 내게는 시간이 남아도는 장기 휴가도 다가온다.

종종 그림 모임이 열렸고, 나는 미나세의 모습을 그림으로 남겼다. 가끔 마음이 내키면 미즈키도 참가했다. 그럴 때면 나는 두 사람을 그렸다. 그때마다 나에겐 절대 생기지 않을 줄 알았던 추억이라는 게, 그림이라는 형태로 늘어갔다.

수업 시간에 선생님의 이야기는 안 듣고 그림을 그리다가 내 이름이 불리는 바람에 당황하기도 했다. 미나세는 그런 나를 보며 작게 웃었다. 쉬는 시간에 평소 잘 쓰지 않는 반대 손으로 서로의 얼굴을 그리고, 엉망인 그림을 보며 함께 웃음 지었다.

그림 모임에 푹 빠져 하고 시간이 지나고도 집에 가지 않는 우리를 혼내려고 무카이 선생님이 쫓아왔고, 우리는 둘이서 함께 도망치며 "청춘이다."라고 말하면서 웃었다.

그렇게 드디어 내가 웃을 수 있는 곳을 찾은 고등학교의 첫 7월이 반쯤 지나가고 있었다.

여름방학이 시작되기 5일 전, 그때까지는 비교적 온화한 나날을 보내고 있었다.

기말고사 성적은 엉망이었다. 결국 나는 여름방학 보충 수업에 반드시 출석하라는 말을 들었다. 미나세도 7월 전까지 학교에 나오지 않아서 결석한 기간의 수업 내용에 대한 보충 수업을 들어야 했다.

어떤 형태든 여름방학에도 미나세를 만나게 됐다. 그렇다면 그림 모임도 계속될 것이다. 그렇게 생각하니 나도 모르게 기뻐졌다.

그리고 여름방학까지 나흘 남은 7월 15일. 그날은 시험이 끝나고 오래간만에 내가 유일하게 좋아하는 과목인 미술 수업이 있었다.

미술 담당인 무카이 선생님은 기본적으로 자유로운 편이라 수업도 느슨하다. 그 덕분에 미술 수업은 학생들에게 인기가 많았고, 시험이 끝나기도 해서 다들 들뜬 상태였다.

"모토미야는 뭘 그릴 거야?"

"음, 그러게. 미즈키는 뭘 그릴지 정했어?"

오늘 미술 수업 과제는 '1학기의 집대성. 입학하고부터 지금까지 이 학교에서 가장 인상 깊었던 일을 그리시오.'라는 것이었다. 참고로 물감을 사용해서 그려야 한다는 제한이 있었다. 수업 중인데도 교실을 빠져나가는 학생들이 눈에 띄는 것을 보니 아무래도 자율 수업인 듯했다. 참으로 자유로운 수업이다.

"나는 우리 교실을 그리려고. 역시 추억이 가장 많은

곳은 교실이니까."

"그렇지. 인상 깊었던 일이라고 해도 1학기 내내 거의 교실에서만 지냈으니 나도 교실을 그려야겠다. 항상 교실에서 바라보던 풍경을 그려야지."

나는 그렇게 말하고 수업 시작 때 받은 도화지를 보며 지금부터 그리고자 하는 그림의 완성도를 떠올렸다. 왼쪽을 힐끗 보니 뭘 그릴지 고민하는 미나세의 모습이 눈에 들어왔다.

"유에는 뭘 그릴 거야?"

역시 반장이다. 곤란해 보이는 사람이 있으면 자연스럽게 말을 건다.

"음……. 나는 미즈키랑 모토미야가 대화하는 모습을 그릴래. 지금까지 두 사람을 지켜봤으니까. 그래도 괜찮아?"

"응, 좋아!"

그나저나 나는 미즈키와의 대화에 상당히 익숙해졌다. 미즈키와 대화하고 있으라는 말에도 당황하지 않는다. 우렁차게 대답한 미즈키는 바로 나와 소소한 대화를 나누기 위해 다양한 화제를 꺼냈다.

우리는 마치 삼각형의 꼭지를 맺듯이 서로를 바라보며 그림을 그렸다. 나는 평소처럼 창문에서 바라보는 풍경을 배경으로 옆자리를 그리기 위해 미나세를 바라보며 그림을 그렸고, 미나세는 나와 대화하는 미즈키를 바라보며 그림을 그렸고, 미즈키는 교실을 그린다고 말했지만 미나세의 요구에 부응하기 위해 나와 대화하느라 필연적으로 나를 보며 그림을 그렸다.

"유에, 초록색 물감 빌려줘. 이쪽 물감은 색이 몇 개 모자라네."

학교에서 빌려준 물감을 쓰는데, 아무래도 학교 비품이다 보니 모자란 색이 있는 듯했다.

"아, 응. 여기 있어."

"그거 빨간색이야, 유에! 틀렸어, 틀렸어."

미즈키가 쓴웃음을 지으며 미나세의 실수를 지적했다.

"아, 미안……. 잠이 덜 깼나."

미나세는 눈을 비비며 물감이 들어 있는 상자를 통째로 미즈키에게 건넸다.

"고마워! 그런데 유에도 초록색이 없네! 그러면 미야모토가 빌려줄래? 나랑 유에랑 같이 쓰게."

나에 대한 배려가 전혀 없는 미즈키의 말에 불만을 토로하고 싶었지만, 결국 아무 말도 할 수 없었다. 나는 순순히 물감을 건넸다.

"미야모토도 쓰고 싶을 때 말해."

"그래, 알았어."

미나세는 상냥하다. 사실 나는 물감을 쓰면 만족스러운 그림을 그릴 수 없으니 초록색 물감을 가져가도 상관없다. 과제에는 어긋나지만, 이번 그림도 연필만 써서 그려야겠다. 그렇게 마음을 정하니 왠지 모르게 그림을 그리는 속도가 빨라졌다.

그렇게 우리는 미술 시간 내내 각자의 그림을 완성했다. 미나세는 여전히 천재적인 색채가 넘치는 그림을, 그리고 미즈키는… 내 그림에서 색을 봤다는 점에서 이미 예상은 했지만, 재능 넘치고 개성적이면서 독특한 그림을 그렸다.

그림을 제출할 때 우리는 서로의 그림을 확인했는데, 마치 세 개의 그림이 이어지는 듯한 모양새였다. 오히려 세 개를 이어서 하나의 그림으로 봐야 한다는 생각마저 들었다. 우리는 연결된 그림을 보며 자연스럽게 웃었다. 그것은 마치 그림 속의 우리가 삼각형 모양으로 서로를 보며 웃는 모습 그 자체였다.

나중에 들은 이야기에 따르면 우리 셋이 교류하는 줄 몰랐던 동급생들은 우리가 서로를 보며 웃는 모습을 보고 무척 놀랐다고 한다.

평소에는 표정이 없는 미나세가 나를 보며 웃고, 반의 인기인인 미즈키가 지금까지 줄곧 외톨이였던 나와 친밀하게 대화를 나누는 모습을 보이는 바람에, 나는 남은 사흘 동안 질투와 선망의 눈길을 받으며 가시방석에 앉은 듯한 기분을 느꼈다.

"모토미야랑 미나세, 아오이는 오늘 방과 후 미술실에 들러라."

입학 후 처음으로 선생님에게 호출당했다. 미술실은 무카이 선생님 전용 교무실이다.

"선생님. 저는 오늘 일이 있어서 못 남는데 다음에 가면 안 되나요?"

"그러면 아오이는 내일 아침에 교무실로 와."

"에이, 교무실은 싫은데."

"혼내려고 부른 게 아니니까 걱정하지 마."

왠지 모르지만 느낌이 좋지 않다. 나와 미나세 외에 다른 이름이 섞여 있다. 아오이라고?

"모토미야는 왜 우리가 호출당했는지 알아?"

사람들이 많을 때 목소리를 내는 것이 여전히 부끄러운지 미나세는 내 귀에 한 손을 가져다 대고 속삭였다. 이러지 말라고 외치고 싶었다. 이쪽이 훨씬 더 눈에 띈다. 남학생들의 시선이 따갑다.

"나도 몰라. 우리 셋이 비슷한 그림을 그려서 그런가? 그보다 아오이라면……."

"미안한데 오늘 방과 후에는 둘이 미술실에 가야 할 것 같아."

눈앞에는 양쪽 손바닥을 맞대고 윙크하는 미즈키… 아니, 아오이가 있다.

"미즈키 성이 아오이였어?"

"아하하, 들켰네. 자기소개를 하기에는 늦었지만 내 이름은 아오이 미즈키야."

얼굴에서 후끈한 열기가 느껴졌다. 나는 지금까지 같은 반 여학생을 성이 아닌 이름으로 편하게 부르고 있었다.*

"왜 안 알려줬어. 내가 계속 이름으로 불렀는데……."

"처음에 내가 말하려고 했을 때 모토미야가 나를 미즈키라고 불렀잖아. 그걸 듣는 순간 그냥 두는 편이 더 재밌겠다고 생각했지."

반의 모든 남학생이 보내는 날카로운 눈길이 내게 꽂

---

* 일본에서는 보편적으로 친밀한 사이일 때 이름을 부른다.

했다. 미즈키를, 아니 아오이를 편하게 이름으로 불렀다는 사실이 무척 부러운 듯했다. 다시금 아오이의 인기를 실감하게 된다.

"하나도 재미없어. 너무 짓궂잖아."

"뭐가 짓궂어? 나는 재밌었는데."

"짓궂어. 당장 도망치고 싶을 만큼 부끄럽다고."

"그건 나도 마찬가지야. 처음에 갑자기 이름이 불렸을 때 부끄러웠다고."

"아, 그건 미안해."

그 일에 관해서는 분명히 내가 잘못했다. 제대로 수업을 들었다면 선생님이 아오이를 성으로 부르는 것을 한두 번은 들었을 텐데. 아무래도 아오이는 반장이니까.

"모토미야는 나를 이름으로 부른 게 그렇게 싫었어?"

"그런 긴 아니지만……."

남학생들의 시선이 더 따가워졌다. 그 시선만으로 내 몸에는 구멍이 숭숭 뚫릴 것만 같았다.

"음, 진짜 싫었구나?"

그래, 알았다. 이럴 때는 포기하는 사람이 승자다.

"아니, 전혀 싫지 않았어. 지금 생각해 보면 오히려 포상이지. 이름으로 부를 수 있어서 기뻐. 이제 됐지, 아오이?"

"미즈키."

"…미즈키."

"좋아. 용서해 줄게."

결국 앞으로도 우리 반 반장을 성이 아니라 이름으로 불러야 할 것 같다. 차라리 아무것도 몰랐다면 부끄러울 일도, 남학생들의 시선을 신경 쓸 일도 없었을 텐데.

"후후, 모토미야는 고생이 많네."

"그러게. 진짜 고생이 많아."

어깨를 으쓱이며 내 고생을 강조했다. 지금은 미나세의 따뜻한 눈길만이 내 구원이다.

"혹시 미나세도 이름이야? 성이 아니고?"

"미나세는 성이야. 내 이름은 미나세 유에. 달이라고 쓰고 유에라고 읽어."

미나세가 놀리듯이 말했다. 물론 성이 아니라 이름을 특별히 강조했지만 말이다.

드디어 방과 후가 됐다.

조금 전에 있었던 일 때문에 나와 미즈키가 친하다는 사실이 드러나며 우리가 서로 이름을 부르는 사이라는 헛소문이 순식간에 퍼졌다. 그 탓에 나는 하루 종일 남학생들의 시선에 벌벌 떨어야 했다.

대체 얼마나 인기가 많아야 질투가 공포로 느껴지는 상황을 만들 수 있을까. 끝을 알 수 없는 미즈키의 인기야말로 가장 큰 공포다.

"인기가 너무 많은 것도 문제야."

게다가 미즈키도 문제다. 다른 남학생들이 나를 좋아하지 않는다는 사실을 알면서도 평소보다 더 친한 척을 했다. 그거야말로 짓궂은 괴롭힘이다.

"고생했어."

"고마워, 미나세. 최근 들어 오늘이 가장 피곤한 날이었어."

쓴웃음을 지으며 소소한 불평을 털어놓았다.

"그랬구나. 그러면 어깨라도 주물러 줄까?"

"미나세가 오늘은 특별히 상냥하네."

"나는 항상 상냥한데."

"맞는 말이야."

"거기서는 반박해야지……."

"하하. 미안, 미안."

내 등 뒤로 천천히 기척이 다가왔다.

"왠지 오늘은 모토미야한테 잘해주고 싶어."

그렇게 말한 미나세가 내 어깨에 양손을 올리고 그대로 힘을 줬다.

"그냥 그러고 싶은 기분이야. 다른 뜻은 없어. 이건 내 자기만족이니까."

"자기만족이라도 나는 기뻐."

"기쁘게 하려고 하는 일은 아니야. …그냥 자기만족이니까. 이상한 착각하면 안 된다?"

"당연히 안 하지. 그래도 정말 기뻐."

어깨에 일정한 리듬으로 압력이 가해졌다. 결코 잘한다고 할 수 없는 안마였지만 어깨에 닿는 작은 손의 온기가 내 마음을 치유해 줬다.

"나는 모토미야를 만나서 많이 바뀌었어."

갑자기 미나세가 그렇게 말했다. 확실히 날이 갈수록 내 눈에 보일 만큼 미나세의 얼굴에 표정이 늘고 있다. 좋은 변화다.

"그건 나도 마찬가지야."

"그건 좋은 뜻인가?"

"물론이지."

"그렇다면 다행이고……."

"미나세는?"

"나는 둘 다."

"둘 다······."

내가 뭔가 나쁜 영향을 미쳤나. 요즘 미나세의 표정을 보면서 우리가 좋은 관계를 쌓고 있다고 생각했는데.

"응. 나는 모토미야를 만나고 회색빛이었던 날들이 점점 알록달록해지기 시작했다고 느껴."

하지만, 이라고 말한 미나세는 잠시 뜸을 들였다가 말을 이었다.

"요즘 나는 집에 혼자 있을 때 갑자기 외로워져. 지금까지는 그런 일이 없었는데."

"······."

"이건 틀림없이 모토미야 탓이야."

그렇게 말하는 목소리가 연약해서 그 소리에 이끌리듯이 등 뒤의 미나세를 올려다보자.

"앗, 이쪽을 보면 안 돼."

상처받은 목소리와 달리 미소 짓는 얼굴이 눈에 들어왔다.

"미나세, 거짓말했지?"

괜히 걱정했다고 투덜대고 싶어졌다.

"아니, 거짓말이 아니야."

"응?"

"곤란하게 하고 싶어서 말을 꺼낸 것도 사실이지만."

그렇게 말한 미나세가 다시 즐겁다는 듯이 희미하게 웃었다. 미나세의 손바닥은 무척 따뜻해서 안마보다는 그 온기 자체에 마음이 편안해졌다. 내 마음도 그 손의 온기에 동조하듯이 온화해졌다.

"이제 미술실에 가야겠다."

어느새 어깨에서 손을 뗀 미나세가 교실을 나설 준비를 하고 있다. 아쉬웠지만 슬슬 미술실에 가지 않으면 선생님이 기다리다 지칠 것이다.

"그래."

나도 짐을 가방에 넣었다. 오늘은 그림 모임이 열리지 않을 듯하다.

"이제 가자."

미나세는 내 곁에 꼭 붙어서 걸었다. 예전에 이동 교실 수업에서 미나세가 사라진 일이 있기 때문이다. 학교에서 길을 잃거나 물감의 색을 틀리는 모습을 보면 조금 허술한 구석이 있는 것 같다.

미술실에 도착한 우리는 다른 교실에 비해 낡은 문을 두드렸다. 하지만 우리를 불러낸 박력 넘치는 여성의 목소리는 들리지 않았다.

"미술실 안에서 기다릴까?"

"그래."

자연스럽게 여벌 열쇠로 닫힌 문을 열고 들어갔다. 익숙한 유화 물감 냄새는 역시 내 마음을 진정시켜 준다. 그림을 그리며 자란 미나세도 비슷한 듯했다. 코를 씰룩이는 미나세의 얼굴에서 그리움이 느껴졌다.

"뭐랄까, 엉망이네……."

미나세의 첫 소감이었다. 여전히 물건이 어질러져서 발 디딜 곳이 없는 교실이다.

"미나세는 미술실에 처음 오나?"

"응, 처음이야. 궁금해서 한 번은 와보고 싶었는데 혼자 가다가 길을 잃을까봐……."

목소리가 작아진 마지막 부분은 못 들은 것으로 해두자.

"확실히 올 일이 없긴 하지."

"그나저나 왜 학생인 모토미야가 미술실 열쇠를 가지고 있어?"

"내가 미술실을 자주 쓰니까, 일일이 열쇠를 빌릴 필요가 없도록 무카이 선생님이 여벌 열쇠를 주셨거든."

"아하. 열쇠를 빌려주기 귀찮으셨구나."

"아마 그렇겠지."

무카이 선생님은 입을 다물고 움직이지만 않으면 아름다운 성인 여성인데…….

"선생님이 늦으시네……."

"선생님이 불렀으면서. 설마 벌써 퇴근하셨나?"

"무카이 선생님은 허술한 구석이 있으니까. 어쩌면……."

"그러면 곤란한데. 일단 조금 더 기다려 보자."

그로부터 10분 후.

"안 오시네."

"그러게. 안 오시네."

20분 후.

"분명히 미술실로 오라고 하셨지…?"

"맞을 텐데 이제 나도 자신이 없어……."

30분 후.

"……."

"……."

한 시간 후.

"…슬슬 집에 가자."

창밖은 깜깜했다.

"한 시간이나 허비했네. 차라리 그림이라도 그릴걸."

미술실에 걸린 시계의 짧은 바늘은 한 바퀴의 후반부에 도달해 있다. 그리고 내가 돌아가려고 가방을 들었을 때였다.

철컥.

뭔가 불길한 소리가 들렸다. 문손잡이에 손을 올린 미나세가 어딘가 들뜬 목소리로 말했다.

"미야모토, 미야모토. 문이 안 열려."

"그렇구나. 문이 안 열리는구나."

정말이다. 미나세의 말대로 눈앞의 문이 굳게 닫혀 있다. 아무리 밀어도, 당겨도, 두드려도 문은 꿈쩍도 하지 않는다. 미술실 문에는 안쪽에 열쇠 구멍이 없다. 지금 우리는 말 그대로 사방이 꽉 막힌 궁지에 몰린 상태였다.

사태의 심각성을 깨달은 나는 이 상황을 타개하기 위해 다른 방법을 모색했지만, 아무 생각도 떠오르지 않았다. 이대로 가면 미나세와 밀실에서 아침을 맞게 될 것이다. 그것만큼은 막아야 한다. 건전한 남자 고등학생인 내가 가장 우려한 사태였다.

학교 교실에 갇히거나, 이대로 밤을 새우거나, 어느 쪽이든 상당히 논란을 불러일으킬 만한 요소지만, 그중에서도 나를 가장 초조하게 만든 것은 역시 이성과 함께 아침을 기다려야 하는 상황이었다. 게다가 그 장소가 학교라니 상당히 어색하다.

작은 희망을 가슴에 품고 문을 두드려서 큰 소리를 내고 소리를 질러 도움을 청해도 아무런 소용이 없었다.

"무척 초조해 보이네. 혹시 빨리 집에 가야 해?"

"아니, 딱히 그런 건 아닌데······."

집에 가지 못한다는 사실보다 미술실에 갇혔다는 상황에 초조함을 느끼고 있을 뿐이다.

"그러면 이대로 있어도 돼. 오히려 나는 집에 갈 이유가 사라져서 기쁠 지경인데."

"하지만 나랑 같이 밤을 새우기는 싫잖아. 빨리 나갈 방법을 찾자."

"괜찮아. ···혼자 있는 것보다는 훨씬 나아."

그건 내가 곤란하다. 빨리 여기서 탈출해야 한다. 하지만 미나세는 교복 자락을 잡으며 움직이려는 나를 말렸다.

"말했잖아! 아무것도 안 해도 돼. 지금은 그냥 이대로 있자······. 제발."

미나세는 내 교복 자락을 붙잡고 고개를 숙인 채 말했다. 무척 불안해하는 미나세를 앞에 둔 나는 손을 뻗지도,

밀어내지도 못하고 미술실의 긴 나무 의자에 앉을 수밖에 없었다. 미나세도 나를 따라 책상에 앉았다. 곁에 앉은 미나세는 아무것도 하지 않고 그저 고개를 숙인 채 입을 꾹 다물었다.

조명 하나 없는 미술실에 달빛만이 쏟아졌다. 그 달빛만이 우리 두 사람이 머무는 공간을 희미하게 밝히고 있었다.

"좋아. 돌아가지 않을 거면 그림을 그리자."

"어, 그래도 돼…?"

"괜찮아. 어차피 집에 가도 할 일은 없으니까."

"…고마워."

"자, 그러면 뭘 그릴까. 모처럼 밤이니까 달이라도 그릴까."

"달…?"

"두 개의 달을 그릴 거야."

"무슨 소리야? 달은 하나밖에 없잖아."

그렇게 말하며 미나세는 창밖에 보이는 찬란한 보름달을 가리켰다.

"아니, 둘이야. 내 앞에도 있잖아."

"뭐야. 그렇게 말하면 내가 어떻게 알아. 게다가 내 이름의 한자는 달이지만 유에라고 읽잖아."

미나세는 툴툴대면서도 방긋 웃고 있었다.

"그러면 나는 뭘 하면 돼?"

"저 창가에 기대서 달을 봐줘."

그렇게 말하자 미나세가 자리에서 일어나 내 앞으로 다가왔다. 창문을 열고 창가에 한 손을 걸친 채 밤하늘을 올려다본다. 내가 상상했던 포즈다.

미나세는 이미 몇 번이나 열렸던 그림 모임 덕분에 모델 역할에 익숙해졌다. 외모가 아름다운 만큼 오히려 그림을 그리는 내가 더 긴장하게 된다.

"이런 느낌이면 돼?"

"좋아. 고마워. 서 있기 힘들면 말해."

"응, 알았어."

이 대답이 그림 모임을 시작하는 신호가 됐다.

그림을 그리기 시작하니 침묵이 찾아왔다. 가끔 들리는 벌레 소리에서 여름이라는 계절이 느껴졌다. 열린 창문에서는 기분 좋은 밤바람이 불어오고, 우리 둘만의 교실을 평온함이 감쌌다.

이렇게 달빛이 반짝이는 조용한 밤에는 클래식을 들으면서 그림을 그리고 싶어진다. 클래식은 듣고만 있어도 집중력이 좋아지는 듯한 기분이 든다. 머릿속으로 달밤에 어울릴 법한 클래식을 흥얼거리며 귀로는 밤바람과 벌레 소리를 담았다. 조화로운 소리는 평소와 또 다른 분위기라 나쁘지 않다.

아직 밑그림 단계에서 헤어나올 수 없는 평온함에 취해 방심한 나는 문득 눈에 들어온 미나세의 옆모습을 보고 가슴이 터질 듯한 아픔을 느꼈다. 내 달라진 눈빛을 눈치챘는지 미나세가 나를 돌아봤다.

"왜 그래?"

"아, 아니. 아무것도 아니야."

그렇게 말했지만, 가슴의 통증은 심해지기만 했다. 조금 전까지 느꼈던 평온함과 달리 짓누르는 듯한 가슴의 통증이었다.

이유는 알고 있다. 온화한 밤바람을 맞는 맑은 미나세의 옆모습이 덧없게 느껴졌기 때문이다. 그것은 내가 아직 그 누구와도 가까이 지내지 않았을 때, 미나세를 처음 만나고 느꼈던 감각이었다.

나는 미나세와의 만남을 떠올렸다. 6월의 마지막 날, 미나세를 만났다. 눈물을 흘리는 미나세와 교실에서 우연히 마주쳤다. 그리고 그때 느꼈던 미나세의 분위기와 지금 눈앞에서 밤하늘을 올려다보는 미나세에게서 느껴지는 분위기는 매우 흡사했다.

달빛을 받은 미나세의 머리카락은 그날 본 가녀린 소녀의 머리카락처럼 투명하게, 빛을 빨아들인 것처럼 빛났다. 눈앞의 미나세의 머리카락은 분명히 갈색인데 이상하게도 지금은 하얗게 빛나는 듯했다.

무척 아름다웠다.

마치 그날로 돌아간 듯한 착각에 빠졌다. 장소가 미술실이라는 점과 노을이 아니라 달빛이 비친다는 점이 다를 뿐이다.

"모토미야, 안색이 안 좋은데. 괜찮아…?"

"응, 괜찮아. 걱정하지 마."

"정말? 혹시 문제가 있으면 바로 말해줘."

"응, 고마워."

나를 걱정하는 미나세의 표정이 눈물을 흘리던 그날의 소녀와 겹쳤다.

이제야 깨달았다.

요즘 부쩍 미나세의 표정이 부드러워지기는 했지만, 당시의 무표정했던 모습을 떠올리면 상상조차 할 수 없다. 미나세가 우는 모습을 말이다. 평소에도 좀처럼 웃는 모습을 보이지 않는 미나세가 끝없이 눈물을 흘렸다면 분명히 무언가 특별한 이유가 있을 것이다.

미나세는 내 그림을 보면서 울었다.

그렇다면 왜 내 그림을 보면서 울었을까. 그 이유를 고민해 봐야 한다. 만난 지 얼마 안 됐지만 아마 나는 미나세와 그 누구보다 많은 시간을 공유했을 것이다. 둘 다 혼자이기에 서로에 대해 더 깊이 이해하고 마음이 통한 측면도 있었다.

그러나 미나세가 품고 있는 것을 알기에는 우리가 공유한 시간이 아직 짧다. 그러나 그것이 무엇인지 알고 가까워지지 않으면 미나세가 내 앞에서 사라질 것만 같았다. 불안했다. 미나세에게서는 그런 덧없음이 느껴졌다.

그래서 나는 안심하기 위해 미나세를 살폈다. 왜냐하면 나는 아직 미나세와 함께 있고 싶기 때문이다. 연필을 움직이는 속도를 늦추지 않고 기억의 바다에 잠겼다.

지금까지 함께 지낸 시간 속에 답이 있다고 믿으며.

처음 만난 날, 내 그림을 보며 울던 미나세가 남긴 편지에는 나, 네 그림이 좋아. 라고 쓰여 있었다. 그것이 미나세의 첫마디였다. 그 말에서부터 친구라고 하기에는 애매모호한 나와 미나세의 관계가 시작됐다.

거기서 추측하건대 역시 내 그림에 무언가 의미가 있다는 것은 확실했다. 내가 미나세와 지금까지 함께 지내며 그림에 관해 신경이 쓰였던 점은 뭘까.

일단 미나세가 내 그림을 처음 봤을 때의 감상을 떠올렸다. 미나세는 당연하다는 듯이 내 흑백 그림에서 색을 봤다. 그때 미나세는 이렇게 말했다.

"이 그림 속의 여성은 금발이고, 구름 하나 없는 파란 하늘 배경 아래에서 그 금빛 머리카락이 반짝반짝 빛나고 있잖아. 네 그림을 보고 그렇게 보였다는 사실이 너무 기뻤어."

이것이 미나세가 처음 말한 감상이었다. 단순히 아름답다고 하지도 않았고, 같은 그림을 그리는 사람으로서 개선점을 지적하지도 않았다.

단지 그림의 색이 보였다는 사실을 기뻐했다.

그 후에도 종종 미나세는 특이한 말을 했다. 당시에 나는 깊이 추궁하지도 않았고, 깊이 생각하지도 않았다. 그러나 그것이 미나세가 보내는 메시지였다면 생각해야 한다.

다음으로 신경 쓰였던 것은 서로 교환했던 그림이다. 거센 비가 내리는 운동장을 묘사했는데도 미나세가 내게 준 그림에는 비가 내리지 않았다. 오히려 무척 몽환적이고 예술적인 운동장이 그려져 있었다. 솔직히 표현하면 아름다우면서도 섬뜩한 그림이었다. 그런 그림을 그린 이유가 있을 것이다. 왜냐하면 오늘 미술 수업에서 미나세가 그린 그림도 현실과 동떨어진 색으로 칠해져 있었기 때문이다. 도저히 모사라고 하기 힘든 그림이었다. 수업 시간에 그리는 그림까지 제멋대로 그리지는 않았을 것이다.

틀림없이 그런 그림을 그릴 수밖에 없는 이유가 있다.

현재 진행형으로 아무 문제없이 진행되고 있는 그림 모임이지만, 이 모임이 처음 열리고 미나세의 모습을 인물화로 처음 담아낸 그림을 봤을 때, 모델이 된 미나세가 했던 말도 신경이 쓰였다.

"이 그림을 보고 처음으로 내 머리카락이 무슨 색인지 알았어."

이 말이다. 처음 봤을 때는 흰 머리카락이었던 미나세였지만, 학교에 다니기 위해 교칙에 따라 갈색으로 물들였다. 그리고 미나세는 염색한 머리카락을 내 그림을 통해 처음 봤다고 말했다. 당시에 나는 그 말의 의미를 묘하게 어렵게 받아들였지만, 사실 깊은 의미가 없는 말 그대로의 의미였을 수도 있다.

거기까지 생각하자 내 머릿속에서 미나세가 흘린 눈물의 이유에 대한 답이 모양을 갖추기 시작했다. 애초에 제대로 생각만 했다면 금방 이 결론에 도달할 수 있었다는 생각이 들었다. 단지 그 결론이 내 일상과 너무 동떨어져서 떠올릴 수 없었을 뿐이다. 평범함과는 거리가 멀었다.

내 그림을 보고 운 이유. 그 이유의 가장 큰 힌트는 내 그림을 보면서 울었다는 점이다.

미나세는 나를 자신의 이해자가 될 수 있다고 상당히 과대평가했다. 그 평가도 내가 그리는 흑백 속에서 색을 볼 수 있는 신묘한 그림에서 비롯됐을 것이다. 그리고 미나세는 그런 그림을 그리는 내가 자신의 비밀을 눈치채기를 바랐다. 그래서 넌지시 이해자라는 표현을 사용했다. 자신의 비밀을 눈치채달라는 바람을 담아서.

내 그림을 보고 감동해서 눈물을 흘린 것은 틀림없는 사실이지만, 그것은 평범한 감동의 범주를 넘어선 감정이었다. 미나세의 실력이라면 내 수준의 그림은 쉽게 그릴 수 있다. 다만 미나세가 본 것은 내 그림 실력이 아니라 색이었다.

내 그림은 흑백이지만 보는 사람에 따라 색이 보인다

는 특징이 있다. 그것만큼은 미나세도 재현할 수 없다. 그리고 미나세는 흑백 그림 속에서 색이 보였기에 감동했다. 울음을 터트릴 만큼 감동했다.

그렇게까지 감동한 이유는.

미나세의 시야에는, 미나세가 보는 세계에는, 색이 존재하지 않는다.

나는 그렇게 생각했다. 그렇게 생각할 수밖에 없었다. 이것은 내 예측에 불과하다. 본인에게 묻지 않는 한 답은 알 수 없다. 하지만 이 결론에 도달한 후 다시 기억을 더듬어 보면 미나세의 의미심장한 말들이 전부 앞뒤가 맞아떨어진다.

"이 그림 속의 여성은 금발이고, 구름 하나 없는 파란 하늘 배경 아래에서 그 금빛 머리카락이 반짝반짝 빛나고 있잖아. 네 그림을 보고 그렇게 보였다는 사실이 너무 기뻤어."

내가 세운 가정이라면 이 말도 확실히 설명할 수 있다.

운동장 그림도 날씨가 비가 내리는 저녁 무렵이라 전체적으로 어두워서 시야에 색이 없었다고 가정하면, 미나세의 눈에는 대부분이 까맣게 보였을지도 모른다. 미나세는 가로등 빛에 의지해서 기본적인 구조를 그리고 나머지는 마음이 가는 대로 자신이 그리고 싶은 세계를 그렸을 것이다. 그 그림은 미나세가 할 수 있는 최대한의 모사였다.

"이 그림을 보고 처음으로 내 머리카락이 무슨 색인지 알았어."

내 그림을 통해서만 색을 볼 수 있다면 이 말도 있는 그대로 받아들이면 된다.

그리고 미나세가 라이너스의 담요처럼 들고 다니는 색연필. 색연필에는 색의 이름이 적힌 스티커가 붙어 있다. 그것은 단순히 색연필의 색을 구분하기 위한 것일 테다.

오늘 미술 시간에도 위화감을 느꼈다. 깊이 생각할 필요도 없이 바로 의문스러워졌던 사건이다.

그것은 학교에서 빌린 물감이 모자라서 미즈키가 미나세에게 물감을 빌렸을 때의 일이다. 미즈키는 초록색 물감을 빌리려고 했다. 그러나 미나세가 건넨 물감은 빨간색이었다. 틀릴 수 없는 초록색과 빨간색. 하지만 이번에 사용한 물감에는 색을 구분하기 위한 스티커가 붙어 있지 않았다. 미나세의 눈에는 두 색이 완전히 똑같아 보였다. 그래서 물감을 잘못 건넨 것이다. 잠이 덜 깼다는 말은 거짓말이었다.

이 세상의 모든 색에서 동시에 조금씩 색소를 뺀다고 가정해 보자. 그러면 색은 서서히 흐려지며 흰색에 가까워진다. 그리고 완전히 같은 타이밍에 흰색이 된 색들은 모두 같은 농도를 지니게 된다.

농도에만 의지해서 흑백의 세계를 본다고 가정하면, 같은 타이밍에 흰색이 된 색들은 전부 같은 색으로 보일 것이다. 그리고 시판 물감에 들어 있는 색은 전부 농도가 일정하다. 노란색과 파란색 수준이라면 확연히 농도가 다르지만, 노란색과 하늘색, 빨간색과 파란색을 생각해 보면 어느 쪽이 더 짙은지 판단하기 어렵다.

농도가 비슷한 색은 미나세에겐 전부 같은 색으로 보인다. 미나세는 줄곧 그런 색이 없는 세상에서 살아온 것이다. 그것이 내가 찾아낸 미나세의 눈물에 대한 답이었다.

내가 기억의 바다에서 고개를 들었을 때, 그림은 완성된 상태였다. 그림을 그리기 시작하고부터 벌써 두 시간이 지났다. 그동안 미나세는 계속 같은 자세로 서 있었다는 뜻이다.

미나세는 무슨 생각을 했을까. 하늘에 뜬 희고 아름답게 빛나는 달을 보며, 무슨 생각을 했을까.

나는 다 그린 그림을 들고서 미나세에게 다가갔다. 줄곧 밤거리를 바라보던 미나세는 내가 일어났다는 사실을 깨닫고 고개를 돌렸다.

"오늘은 달이 참 예쁘네."

창밖에서는 보름달이 찬란하게 밤거리에 빛을 쏟아내고 있었다. 그것은 실로 아름다운 보름달이었다.

"응, 그러게……."

하지만 미나세의 대답은 무기력하고 퉁명스러웠다. 나는 그런 대답을 이미 예상했다.

"아니, 네 말은 거짓이야."

"어……."

미나세는 허를 찔린 듯이 나를 바라보며 멍한 표정을 지었다.

"사실 보름달이 아름답다고 생각하지 않잖아? 그러기는커녕, 이 세상의 어떤 풍경도 아름답다고 생각하지 않잖아."

"갑자기 무슨……."

"왜냐하면 네 눈에는 달의 반짝임이… 색이 보이지 않으니까."

"……"

나는 그 침묵을 긍정으로 받아들이고 말을 이어갔다.

"나는 자세한 내막도 모르고 먼저 물어볼 생각도 없어. 하지만 나는 미나세에게서 느껴지는 위화감의 정체를 눈치채 버렸어. 그리고 네가 그리는 그림에서 느껴지는 위화감의 정체도."

잠시 뜸을 들였다가 다시 입을 열었다.

"나는 미나세가 그리는 그림을 동경했어. 나와 달리 다양한 색을 써서 알록달록한 그림을 그리잖아. 그게 부러웠어. 하지만 미나세는 자기 그림을 제대로 그리지 못하고 있었던 거야. 언뜻 보기에는 컬러풀한 그림이지만 군데군데 색이 이상했어. 파란색 식물이나 노란색 하늘. 나는 그게 미나세의 독특한 화풍이라고 생각했지. 하지만 아니었어. …나는 진짜 미나세의 그림을 보고 싶어. 지금까지 색이 보이지 않는 상태로 그림을 그렸다면, 나는 색이 보이는 미나세의 그림을 보고 싶어."

무척 이기적인 말이다. 하지만 이것이 내가 내놓은 답이었다. 내가 미나세와 함께 있고 싶다고 생각하는 감정에 대한 답. 나는 미나세의 진짜 그림을 보고 싶기에 지금도 함께 있기를 바란다. 미나세의 그림을 더 보고 싶어서. 앞으로도 계속 보고 싶어서.

"그게 가능하면 이렇게 힘들 이유는 없다고 생각할 수도 있어. 아무리 노력해도 소용이 없었을 수도 있지. 누구의 도움도 받지 못한 채 홀로 고민했을 수도 있어."

잠깐 호흡을 가다듬으며 침착함을 되찾은 나는 가장 전하고 싶은 이야기를 신중하게 말로 빚어냈다.

"그렇다면 내가 미나세의 세계에 색을 칠할게. 괜찮다면 내게 기대어 주지 않을래?"

미나세가 텅 빈 내 일상에 색을 줬듯이. 그게 내가 할 수 있는 일이니까. 나만이 할 수 있는 일이니까.

"내 그림이라면 색을 볼 수 있잖아?"

미나세는 여전히 멍하니 나를 올려다보고 있었다. 그러나 내가 말을 마치자, 미나세의 뺨에 한 줄기 빛이 흘렀다.

"미나세."

나는 다정한 목소리로 눈앞에 있는 소녀의 이름을 불렀다. 이름을 불리자 정신을 차린 듯 움찔 몸을 떤 미나세의 초점이 내게 맞춰졌다.

"그림 완성됐어. 볼래?"

눈물을 흘리며 고개를 끄덕인 미나세는 내게서 그림을 건네받았다.

"어때?"

미나세는 아무 말도 안 했다. 단지 내 그림을 보는 눈동자에서는 끊임없이 눈물이 흐르고 있었다. 그렇게 흘러내리는 눈물 한 방울, 한 방울이 밤하늘에 흐르는 별처럼 빛났다. 눈물은 멈추지 않고 계속 흘렀다.

"오늘 달은 예쁘지?"

"…응. 무척 예뻐."

미나세는 목멘 목소리로 그렇게 말했다. 그리고 눈물이 멈추지 않는 얼굴로 나를 바라보며 평소처럼 희미한 표정으로, 그러나 누구보다 행복하게 웃었다.

그 우는 얼굴은 그날 본 흰 머리카락의 소녀와 달리 내 마음에 온화하게 기억됐다.

제3장

동경하는 불꽃놀이 축제

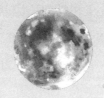

미나세가 울음을 그치기를 기다리다 보니 지금까지 닫혀 있던 미술실의 문이 갑자기 열렸다.

"왜 이렇게 늦은 시간까지 미술실에 학생이 남아 있어?"

화난 듯한 무카이 선생님의 목소리였다. 선생님이 조명을 켠 탓에 시야가 갑자기 하얗게 물들었다.

"어라, 모토미야랑 미나세네. 왜 이런 시간에 둘이 여기에 있어? 그보다 왜 나한테 안 왔어. 수업 시간에 호출했잖아."

"그건 저희가 할 말이에요. 선생님이 오늘 방과 후에 미술실로 오라고 하셨잖아요. 그래서 왔는데. 저희는 계속 기다렸어요."

"뭐, 미술실? 나는 분명히 교무실이라고 했는데……."

"아니에요. 미술실이라고 하셨어요. 그렇지, 미나세?"

미나세는 부은 눈을 들키지 않으려고 고개를 숙인 채 끄덕였다.

"말도 안 돼……. 어, 음… 미안하다…! 교무실에서 기다리다가 너희가 너무 늦길래 야근 중이었거든……."

항상 강인하고 남자들에게도 지지 않는 무카이 선생님이 순순히 사과하는 모습을 처음 봤다. 자신의 실수를 받아들이고 사과하는 깔끔한 성격도 이 선생님의 매력이다. 내가 보기에도 무척 멋있는 여성이다.

"정말 미안해. 그런데 내가 이런 말을 하는 것도 웃기지만, 왜 이렇게 늦은 시간까지 남아 있었어? 보통 조금 기다리다 선생님이 안 오면 집에 가지 않아?"

"집에 갈 수가 없었거든요."

"어째서?"

"미술실 문이 잠겨버렸어요. 안쪽에는 열쇠 구멍이 없잖아요. 게다가 미술실은 경비원이 아니라 무카이 선생님이 직접 문단속을 하시죠?"

"맞아. 하지만 나는 야근 중이라 미술실은 아직 안 잠

갔는데. 게다가 미술실 열쇠는 나랑 모토미야가 가지고 있는 두 개가 전부야."

"어, 그러면 어떻게 문이 잠겼을까요?"

정말로 이유를 알 수가 없다. 초자연적인 현상을 의심할 법한 수수께끼다.

"진짜 귀신의 짓일지도 몰라."

무카이 선생님이 장난스럽게 말했다.

"진짜 귀신이요?"

"내가 지금 미술실에 온 것도 다른 선생님이 미술실 창문에서 귀신의 그림자가 보였다고 난리를 피우며 연락한 탓이거든."

"아아, 그렇구나."

"실제로는 미야모토랑 미나세였지만. 그런데 미나세는 괜찮아? 왜 그렇게 눈이 부었어! 혹시 나 때문이야? 미술실에 갇힌 데에다 미야모토랑 단둘이 있느라⋯⋯."

"선생님, 저한테 말이 너무 심하신데요? 미나세는 괜찮아요."

"아니, 그럴 리가 없어. 미나세, 미야모토가 울렸니?"

"본인 죄를 학생에게 전가하지 마세요. 진짜 아니라니까요. 그리고 선생님 탓도 아니에요."

"…네. 미야모토가 울렸어요."

잠깐만, 미나세. 무슨 소리야!

"미야모토. 아무리 온화한 성격으로 유명한 나라도 여자아이를 울리는 건 용서 못 해."

세상에 어떤 온화한 사람이 그렇게 무서운 표정으로 다가와요! 무카이 선생님이 손가락 관절에서 뚝뚝 소리를 내며 주먹을 쥐고 내게 다가왔다.

"괜찮아요, 선생님. 이건 좋은 눈물이니까요. 기뻐서 울었어요. 선생님은 남자 덕분에 좋은 의미로 울어본 경험이 없으세요?"

"…미나세. 아무리 여자아이라고 해도 성인 여성을 울리면 못써."

무카이 선생님은 당장이라도 울음을 터트릴 듯한 표정이었다. 표정의 변화가 참 빠르다.

"농담은 이쯤 하고 둘 다 고등학생이니까 휴대폰 정도는 가지고 있지?"

선생님은 농담이라고 생각하기엔 무척 슬픈 표정으로 말했다.

"네, 가지고 있어요."

"저도요."

"그런데 왜 문이 잠겼을 때 학교에 전화하지 않았어?"

"아……."

평소에도 휴대폰을 거의 안 써서 그런 생각은 아예 하지도 못했다. 나와 반응이 비슷한 미나세도 마찬가지인 모양이다.

"설마 둘 다 생각하지 못한 거야? 휴대폰 좀 줘봐."

나랑 미나세는 아무렇지 않게 무카이 선생님에게 휴대폰을 건넸다.

"이렇게 쉽게 다른 사람에게 휴대폰을 건넬 수 있는 고등학생은 요즘 흔치 않은데."

선생님은 웃으며 익숙하게 휴대폰을 조작했다. 주소록을 확인했나 보다. 두 화면 다 새하얗다.

"둘 다 휴대폰은 뭐 하러 가지고 다녀? 평소에는 대체 어디에 쓰니?"

진지한 표정으로 그런 질문을 받았다.

"시계 대용이죠."

"카메라요."

쓸쓸한 대답이었다.

"매달 돈을 내야 하는 시계랑 카메라라니, 너희도 참 바보 같다."

신랄한 지적이었다. 할 말이 없다.

"됐어. 집에 데려다주고 싶지만 나는 아직 일이 남았거든. 그러니까 이제 너희는 집에 가렴. 오늘 미술 수업에서 그린 그림 때문에 호출했는데 자세한 얘기는 내일 아오이랑 같이 교무실에 오면 해야겠다. 그리고 불러 놓고 장소를 헷갈려서 정말 미안해……."

"괜찮아요. 갇혀 있는 동안에도 유익한 시간을 보냈으니까요."

실제로 그 시간이 덕분에 미나세와의 거리를 좁힐 수 있었다.

"흠, 이렇게 늦은 시간에 학교 교실에 갇혀서 고등학생 남녀가 유익한 시간을 보냈다고?"

"아무 일도 없었어요. 이상한 상상하지 마세요."

선생님은 숨길 생각도 없는지 히죽대며 묘한 눈빛으로 나를 바라봤다. 그러니까 좋은 남자를 못 만나는 거예요. 라는 쓴소리가 입 밖으로 나오려는 것을 필사적으로 억눌렀다.

"그 얘기는 다음에 하고 일단 너희는 집에 가도록 해. 조심히 가야 한다."

"다음은 없어요. 안녕히 계세요."

"안녕히 계세요, 선생님."

미나세와 선생님은 서로 사이좋게 손을 흔들었다.

"모토미야, 너는 미나세를 집까지 데려다주도록 해."

"알아요!"

"좋아."

그렇게 여전히 히죽대는 선생님을 남겨두고 나와 미나세는 날짜가 바뀌기 전에 귀갓길에 오를 수 있었다.

"무카이 선생님은 멋있고 예쁘고 좋은 선생님이야."

"뭐. 그렇지."

"모토미야도 역시 선생님 같은 타입이 좋아?"

"그건 절대 아니야."

일단 한 건은 해결했다.

…나는 지금 상상조차 하지 못한, 일종의 위기라고 할 수 있는 상황을 맞닥뜨렸다.

내 앞에는 몇 없는 식재료가 늘어선 넓은 부엌이 펼쳐져 있다. 희미하게 들리는 샤워 소리. 이곳은 동급생이 자취 중인 집이다. 얼룩 하나 없는 새하얀 천장을 올려다봤다.

"…어쩌지."

이런 상황에 맞닥뜨린 원인은 미즈키에게 "남 말할 때가 아닌데."라는 소리를 들을 법한 내 참견 때문이었다.

선생님이 말하지 않아도 원래 그럴 생각이었던 나는 미나세를 집까지 데려다줬다. 미나세는 방향치라 학교에서 무척 가깝거나 쭉 직진하면 되는 위치에 집이 있을 거라고 생각했는데, 알고 보니 실상은 전혀 달랐다.

그곳은 마치 거대한 미로처럼 사람을 헤매게 하려고 설계한 듯한 주택가였다. 그 미로를 끝에 미나세의 집이 있었다. 미나세가 자취 중인 집이라고 했는데⋯⋯.

"뭐가 이렇게 넓어?"

미나세는 내 상상보다 몇 배는 더 넓은 집, 아니 저택에 살고 있었다. 건물 외관은 신축 주택을 그대로 확대한 모양과 꼭 닮았다.

"역시 그렇게 생각하지⋯⋯."

"여기서 혼자 살아?"

"응."

2층이지만, 같은 2층 주택인 내 집과 비교할 수 없을 만큼 크다. 내 집도 혼자 살기에는 넓은데 미나세의 집은 한 가족이 살고도 남을 정도였다.

"모처럼 집까지 데려다줬으니까 잠깐 들려서 차라도

마시고 가."

"아니, 괜찮아. 나는 집에 갈게."

"아… 그렇지. 많이 늦었으니까 어서 집에 가야겠다. 붙잡아서 미안해…….."

아무 잘못도 안 했지만 미나세의 쓸쓸해 보이는 표정 때문에 나는 괜한 죄책감을 느꼈다.

"음, 걷느라 피곤하니까 잠깐 들렀다 갈게."

학교에서 미나세의 집까지는 걸어서 20분 정도 거리라 딱히 힘들지는 않았지만, 나는 이대로 집에 갈 만큼 매정하지 못했다.

"응, 그게 좋겠다. 편하게 쉬어."

내 말을 들은 미나세는 만족스러운 미소를 지었다.

"동급생을 초대하는 건 처음이라 조금 긴장되네. 어서 들어와."

"시, 실례하겠습니다."

미나세가 집 문을 열자, 가장 먼저 눈에 들어온 것은 희미한 빛을 발하며 현관 좌우에 자리 잡은 행등*이었다.

"진짜 행등은 처음 보는데."

---

* 길을 다닐 때에 지니고 다니는 등이다.

전통의 대명사인 일본식 여관을 떠올리게 하는 현관에 감동하며 나는 미나세를 따라 안으로 들어갔다. 미나세가 복도를 지나자 잇따라 조명이 켜졌다. 내 눈에는 그 자동 조명이 마치 의지를 품고 귀가한 주인을 맞이하기 위해 스스로 빛을 발하는 것처럼 보였다.

샹들리에가 장식된 방과 맹장지를 바른 다다미방을 지나쳤는데, 미나세의 말에 따르면 그 방들은 객실이었다. 내가 쉴 곳은 객실이 아니라 거실이라고 한다.

그렇게 몇 개의 방을 지나쳐서 거실에 들어섰다. 거실은 의외로 평범했고—넓이는 평범하지 않았지만—흰색으로 통일된 가구가 깔끔하게 배치되어 있었다. 미나세의 집을 보니 마치 일본 여관이나 서양식 저택, 일반 가정 등 다양한 집의 카탈로그를 보는 듯한 기분이 들었다. 사람 사는 냄새가 전혀 나지 않는다.

"모토미야, 혹시 배고파?"

"조금."

영화라도 한 편 보면 날짜가 지나버릴 시간이다. 당연히 배가 고플 수밖에 없다.

"하지만 집에 적당히 먹을 게 없는데. 괜찮으면 같이 뭐라도 먹으러 나갈래?"

"아무것도 없어?"

"부끄럽지만 아무것도 없어……."

"잠깐 봐도 될까?"

"으, 응."

나는 허락을 받고 냉장고와 냉동고를 열었다. 그곳에서 나는 눈을 의심할 만한 광경을 목격했다. 냉장고에는 약간의 채소와 통조림, 그리고 수많은 젤리음료, 냉동고에는 냉동식품이 가득했다. 냉장고 옆에 쌓여 있는 이 하얀 집에 어울리지 않는 상자를 열었다.

"컵라면이랑 즉석식품……."

"그거는 봐도 된다고 안 했잖아!"

미나세가 화를 내는 모습을 처음 봤다. 그 모습은 신선한 자극이었고, 나는 미나세의 새로운 표정을 볼 때마다 왠지 모르게 충족되는 기분을 느꼈다.

"미나세, 밥은 제대로 먹어야 해."

상자 옆에는 보존 창고 비슷한 것이 놓여 있었다. 거기에는 밀가루와 조미료, 파스타 등 보존할 수 있는 식품이 들어 있다. 이 정도면 대충 뭐라도 만들 수 있겠다.

"알고는 있겠지만, 내가 만든 요리는 전부 새까매지거든. 그래서 아무래도 외식이나 간단한 음식만 먹게 돼."

"저, 전부 새까맣게 보이는구나……."

"안타깝지만……. 그럴 때마다 식재료에 대한 죄책감
이 생겨서……."

어쩌면 그것이 식생활의 근본적인 문제일 수도 있다.

"그러면 내가 만들게. 부엌을 써도 될까?"

"물론이지. 하지만 여기까지 왔는데 요리까지 부탁하기
는 미안해서 그래."

"아니야. 밖에서 먹으면 돈도 들고, 벌써 시간도 늦었잖
아. 나한테 맡겨."

"…알았어. 그러면 부탁할게."

"미나세는 그 틈에 샤워라도 하고 와."

"어? 으, 응. 그럴게."

"혹시 쓰면 안 되는 재료가 있어?"

"아니. 뭐든 마음껏 써도 돼."

"알았어. 그러면 어서 씻고 와."

그렇게 나는 경솔하게도 인생에서 처음으로 여자아이
의 집에 발을 들여놓고 말았다. 게다가 여동생에게 저녁
을 만들어 주는 일이 잦았던 나는 가족이 있던 시절의 습
관대로 여동생에게 하듯이 "씻고 와."라고 말해버렸다.

"어쩔 수 없으니 만들어야지. 마음을 비우자. 청각은 차단하고."

지금 있는 재료로 짧은 시간 안에 만들 수 있는 메뉴는 한정적이다. 그러니 고민은 길지 않았다. 남의 집 부엌을 독점하는 시간은 가능한 한 줄이고 싶으니, 설거지할 그릇도 줄이려고 노력해야 한다. 일단 칼을 쓰지 말자.

부엌의 조리대 위에는 파스타, 토마토, 바질 대신 파슬리, 올리브오일, 마늘튜브, 프레시치즈, 소금, 후추가 준비됐다. 이거면 재료는 충분하다.

조리를 시작했다. 미나세가 돌아오기 전에 완성할 생각이다. 먼저 냄비에 물을 듬뿍 담고 인덕션으로 가열한다. 그리고 물이 끓는 사이에 재료를 준비한다.

꼭지를 딴 토마토는 손으로 적당히 찢어 볼에 넣는다. 파슬리도 똑같이 손질해서 볼에 넣고 적당량의 올리브 오일과 소금, 후추, 마늘을 넣고 섞는다. 잘 섞이면 냉동고에 넣어 빨리 식힌다.

재료가 다 섞일 무렵에는 충분히 끓는 물에 건면 파스타 2인분을 넣는다. 파스타는 평소보다 1분 정도 짧게 삶는다. 파스타를 삶는 동안 다른 볼에 소금을 살짝 넣은 얼음물을 준비한다. 파스타가 다 삶아지면 체에 걸러 물기를 털어내고 흐르는 물로 열기를 날려 보낸다. 그리고 파스타를 미리 준비해 둔 얼음물에 넣고 충분히 식힌다.

마지막으로 잘 섞어서 냉동고에 넣어둔 재료와 물기를 뺀 파스타를 버무려 그릇에 담는다. 한입 크기로 자른 프레시치즈를 몇 개 곁들이면 특제 콜드파스타가 완성된다.

"후우……."

본격적으로 여름이 시작되어서 날이 상당히 더운 데에다 미나세도 씻고 나올 테니, 차가운 요리가 잘 어울릴 것 같아서 콜드파스타를 골랐는데 좋아할지는 모르겠다.

요리가 완성되고 몇 분 지나지 않아 미나세가 거실에 돌아왔다.

"…미야모토, 나 왔어."

"……."

씻고 나온 미나세의 모습을 본 나는 잠시 숨이 멎었다.

"왜 그래?"

"아, 아니? 아무것도 아니야."

아무것도 아니지 않다. 솔직히 당황했다. 하의는 허벅지를 드러내는 니트 퀼팅 소재의 반바지였고 상의는 반바지와 같은 소재의 분홍색 꽃무늬 옷이었다. 여름에 여자아이가 입는 홈웨어는 이 정도가 표준이겠지만, 내성이 없는 나는 차마 똑바로 바라볼 수 없었다. 샤워를 마치고 나와서 피부는 살짝 붉고 머리카락은 젖어 있는 탓에 당황하고 말았다.

"아, 미안해……."

내 반응을 보고서야 자신의 무방비한 모습을 깨달은 미나세는 곧장 거실에서 뛰쳐나가 겉옷을 걸치고 돌아왔다. 그 모습도 여전히 눈을 둘 곳이 없었지만 말이다.

"밥 먹을래?"

미나세의 얼굴은 붉었지만, 샤워의 열기 때문인지 아니면 조금 전의 일련의 상황 때문인지 고민하는 것은 어리석은 일이겠지.

"응, 먹을래. 혹시 모토미야도 씻고 싶어?"

"아니, 그건 사양할게."

그렇게 말하며 나는 직접 만든 파스타 2인분을 식탁으로 옮겼다.

"와, 대단해……. 이거 모토미야가 만든 거지?"

미나세는 반짝이는 눈으로 요리를 바라봤고, 나는 우쭐하며 미나세가 앉을 수 있도록 의자를 끌어당겼다.

"자, 미나세. 앉아."

"고마워. 왠지 진짜 가게에서 먹는 것 같다. 너무 멋져."

미나세가 의자에 앉은 후 나도 따라서 앉고, 둘이 동시에 입을 열었다.

"잘 먹겠습니다."

"잘 먹겠습니다."

미나세는 내가 만든 특제 파스타를 맛있게 먹었다. 내 눈으로도 확실히 알 수 있을 만큼 만족스러운 표정과 정말로 맛있어서 기뻐하는 감정이 전해졌다. 그리고 미나세는 "정말 맛있다."라는 말을 일곱 번째로 하면서 식탁에 포크를 내려놨다. 몇 분 만에 전부 다 먹어 치운 것이다.

나는 왠지 모르게 무척 기뻤다. 내가 대접한 요리를 남이 맛있게 먹어주는 것이 이렇게 기쁘다는 사실을 처음 알았다. 먹어준 사람이 미나세라서 기쁜 것일지도 모르겠지만 말이다.

"잘 먹었습니다."

"네, 감사합니다."

어쨌든 나는 무사히 요리 대접에 성공했다. 다만 내가 이렇게 쉽게 미나세의 집에 발을 들인 데에는 이유가 있다.

나는 미나세의 작은 비밀을 알게 됐다. 그것은 미나세가 바란 일이기도 하다. 그러니 나는 조금 더 미나세에게 다가갈 필요가 있다. 그것은 이해자가 되려면 필요한 과정이다. 그리고 미나세에게 자세한 이야기를 들으려면 단둘이 차분히 대화를 나눌 수 있는 지금이 가장 적합하다고 생각했다.

이렇게 큰 집에서 혼자 사는 이유. 무언가 사정이 있다는 사실은 쉽게 상상할 수 있고, 미나세가 가족에 관한 이야기를 피한다는 사실도 알고 있다. 하지만 반드시 들어야 한다고 생각했다.

"미나세는 왜 이렇게 큰 집에서 혼자 살아?"

그 질문을 입에 담은 순간, 미나세의 얼굴이 눈에 띄게 어두워졌다.

"그건……."

"가정사 때문이지?"

"……."

"역시 말하기 힘들구나."

"…아니야, 말할게."

"어, 진짜?"

"대신 내 부탁을 하나 들어준다고 약속해."

약속. 그 단어에는 묵직한 울림이 있다. 그러나 그것이 어떤 부탁이든 여기서 물러설 수는 없다.

"응, 알았어."

내가 약속하자 미나세는 자리에서 일어나 다른 방에서 두껍고 오래된 노트를 가져와서 펼치고는 자신의 과거를 털어놓기 시작했다. 그 노트에는 미나세의 어린 시절이 적혀 있었다.

미나세의 부모님은 미나세가 태어나기 전부터 맞벌이로 미술 관련 업종에 종사했다.

미술의 세계에서 먹고 산다는 것이 얼마나 가혹한지 알고 있었기에 부모님은 딸에게 미술의 길을 걷게 할 생각이 없었고, 오히려 미술과 거리를 두며 내향적이고 조용한 여자아이로 키웠다. 지금의 미나세를 보면 그런 어린 시절을 충분히 상상할 수 있다.

그러나 초등학교에 들어가기 전, 미나세는 말 그대로 태어나서 처음으로 부모님에게 떼를 썼다. 생일 선물로 색연필을 가지고 싶다고 말한 것이다. 부모님은 어릴 때부터 미술과 관련된 물건을 가까이하지 않기를 바랐기에 다른 선물을 준비했지만, 당시의 미나세가 색연필을 가지고 싶다고 울면서 고집을 부린 탓에 결국 부모님이 꺾일 수밖에 없었다.

다섯 살이던 미나세는 선물로 받은 색연필을 손에 쥐

고 처음으로 그림을 그렸다. 그렇게 그림을 그리기 시작하고부터 일주일도 지나지 않았을 무렵, 미나세의 그림은 낙서에서 회화가 되어 있었다. 그것은 다섯 살짜리 아이가 그렸다고 생각하기 힘든 수준의 그림이었다. 나도 노트에 끼워진 그 그림을 봤는데 정말 놀라웠다. 그림의 대상은 알 수 없다. 그러나 그 그림에서는 확실한 예술성이 느껴졌다. 추상화라고 불리는 분야의 그림에 가까웠다.

그 그림을 보고 확실한 재능을 느낀 부모님은 교육 방향을 바꿔 회화 영재 교육을 시작했다. 초등학교 2학년이 될 무렵 미나세는 이미 화가로서의 두각을 드러냈다. 그때부터 부모님은 미나세에게 그림 그리기를 강요했고 회화 기술의 성장을 재촉했다. 심지어 학교도 제대로 보내지 않으면서 말이다.

"나는 초등학교도 중학교도 제대로 못 다닌 만큼 모르는 게 많아서 무척 흥미로웠어."

처음 고등학교에 등교했을 때 미나세가 했던 말이 떠올랐다.

미나세의 이야기를 들으며 한 사람의 재능이 주변 사람들을 어떻게 바꾸는지 알게 된 나는 아무런 말도 할 수 없었다.

"그렇게 나는 화가가 됐어."

미나세의 이야기는 지금부터 클라이맥스에 접어드는 듯했다.

"모토미야. 이 화가의 이름을 들어본 적이 있어? 다채로운 유월이라고 불리는 화가인데."

"당연히 알지."

모를 리가 없다. 내가 가장 동경하고 내 부모님도 좋아했던 화가의 애칭이니까. 갑자기 등장해서 몇 년 동안 일본의 미술계를 풍미한 천재 화가다. 엄청난 인기 덕분에 색채가 풍부한 그림을 칭하는 유월파라는 유파가 생겼다는 소문도 있다.

그러나 그 화가는 지금으로부터 약 반년 전에 모습을 감췄다. 유월이라고 불린 이유는 그의 이름이 음력 유월을 의미하기 때문이다. 그 화가의 이름은······.

"미나즈키. 그게 그 화가의 이름이지."

그 화가가 왜 여기서 나왔는지 물으려다가 나는 문득 깨닫고 말았다.

"그리고 그 화가야말로 나, 미나세 유에의 정체야."

"······."

"안일한 이름이지?"

미나즈키(水無月)와 미나세 유에(水無瀬月).

이름의 한자를 생각해 보면 곧바로 알 수 있다. 게다가 미나세의 그림을 돌아보면 색채가 풍부하다는 특징이 일치하고, 색을 구분할 수 없어서 모습을 감췄다고 생각한다면 지금의 상황도 이해할 수 있다. 미나세가 색이 보이지 않는 상황에서 나보다 훨씬 훌륭한 그림을 그릴 수 있었던 이유는 그 정체가 미나즈키였기 때문이다. 그렇게 생각하니 모든 상황의 앞뒤가 맞아떨어졌다.

"화가가 되면서 내 인생은 무너졌어……. 나는 단지 엄마, 아빠를 기쁘게 하고 싶어서 그림을 그렸을 뿐인데."

그렇게 말하는 미나세의 표정에서 애달픈 마음이 느껴졌다. 하지만 눈물은 흐르지 않아서 오히려 가슴이 더 아팠다. 다만 유명한 화가가 됐는데 인생이 무너졌다는 말은 이해하기 어려웠다. 그림을 그리는 사람이라면 누구나 꿈꾸는 모습이기 때문이다.

하지만 그 답은 아주 쉽게 찾을 수 있었다. 뛰어난 재능은 주변 사람을 바꿔버리니까.

"내 그림이 세계적으로 높은 평가를 받으며 점점 가치가 높아졌어. 부모님은 돈에 눈이 멀어서 내게 더 많은 그림을 그리라고 강요했지. 나는 부모님을 위해 필사적으로 그림을 그렸어. 그러다 보니 어느새 부모님의 일은 내가 중심이 됐고."

마치 남의 일을 설명하는 듯한 말투였다. 부모님의 마음은 어느 정도 이해할 수 있다. 하지만 아무리 그래도 아이를 돈벌이 도구로 이용하는 일은 용납할 수 없다.

미나세는 노트를 덮고 기억을 더듬어 가며 다시 이야기를 이어갔다.

"내 그림을 팔아서 돈을 많이 번 부모님은 내게 그림을 그리라고 강요하면서 본인들은 편안한 삶을 누렸어. 나는 완전히 변해버린 우리 집이 싫었어. 예전처럼 내 그림을 칭찬해 주고 서로 웃을 수 있는 가족으로 돌아가고 싶었거든. 그래서 기도했어. 차라리 그림을 그릴 수 없으면 좋겠다고."

"…누구나 행복했던 날로 돌아가기를 바라는 법이니까."

어설픈 공감은 가벼운 동정이 된다. 그렇기에 지금까지 끼어들지도 않고 맞장구를 치지도 않았지만, 이것만큼은 말하고 싶었다. 나도 항상 그렇게 생각하니까. 행복을 돌려달라고.

"그리고 마치 내 소원이 이뤄진 듯한 시점에 나는 모든 색을 잃었어. 시야만 색을 잃은 게 아니야. 이걸 봐……."

그렇게 말한 미나세가 겉옷 지퍼를 내리고 상의를 끌어 올려 복부를 드러냈다.

"어, 어어."

미나세의 갑작스러운 행동에 나는 동요를 감출 수 없었다. 나는 급하게 한 손으로 눈을 가렸다.

"제대로 봐……. 나를 봐줘."

무슨 생각을 하는 건지, 무슨 말을 하는 건지 이해할수가 없었다.

"내 색을 봐줘."

미나세는 계속 말했다. 목소리에서 절실함이 느껴졌다. 나는 부끄러움을 억누르며 가까이 다가가 미나세를 봤다.

"배, 팔, 다리, 얼굴색을 봐……."

미나세는 '색'이라고 말했다. 나는 피부색에 주목했다.

"모르겠어?"

무슨 뜻일까. 내 눈에는 미나세의 하얀 피부가 보였다. 피부가 타지 않도록 신경을 쓰는 듯한 매끄러운 피부에 넋을 놓으면서도 미나세의 말뜻을 생각했다. 미나세의 복부, 팔, 다리, 얼굴, 전부가 희다.

"아."

"눈치챘어?"

복부는 하얄 수 있다. 그러나 아무리 조심해도 팔이나 다리, 얼굴은 타지 않나?

"나는 '색'을 잃었어⋯⋯."

말 그대로 미나세는 색을 잃었다.

"내 몸에서 색이라고 할 수 있는 것들이 사라져 버렸어. 이쪽도 봐줄래?"

미나세는 양손으로 짧은 갈색 머리를 뒤통수에서 모아 뒷덜미를 드러냈다. 내 심장에 해로운 행동은 삼가길 바라면서도 이번 행동의 의미는 바로 이해할 수 있었다.

"머리카락이⋯⋯."

머리카락의 언저리도 흰 빛이었다. 처음 미나세를 만났을 때 봤던 머리카락 색이다.

"병원에서는 시야가 흑백으로 보이는 전색맹이라는 병을 비롯한 다양한 병명이 나왔지만, 결국 원인이나 정확한 병명도 모른 채 스트레스라는 말로 정리됐어."

즉, 병원도 어떻게 할 수 없었다는 뜻이다.

"내가 두 달 동안 학교에 못 온 이유는 검사 때문이야."

"그랬구나."

내가 빈자리를 상상하며 그림을 그리고 있을 때, 그 빈자리를 채울 사람은 그런 상황 속에 있었구나.

"이유는 알 수 없지만 나는 색을 잃었고, 결국 소원이 이루어져서 나는 그림을 그릴 수 없게 됐지……. 하지만."

미나세의 표정은 아까보다 더 어두워졌다.

"하지만 내가 색을 잃었다는 사실을 알게 된 부모님은 절망했어. 이미 평생 쓸 돈을 다 벌었을 텐데, 일을 사랑하는 부모님은 내 그림을 잃고 망연자실했지. 일을 잃은 셈이니까. 그때부터 부모님의 눈에서는 생기가 사라졌고 나는 그런 두 분을 보기가 너무 괴로워서 신을 저주했어."

내가 편해지면 부모님이 고통받고, 부모님의 행복을 바라면 내가 괴롭다. 그런 운명을 저주했을 것이다.

"그러는 사이 부모님은 점점 쇠약해져서 쓰러졌고 내가 고등학교에 입학하기 한 달 전에 돌아가셨어. 이 모든 일이 물 흐르듯이 순식간에 일어났어."

견디기 힘든 이야기였다. 자신들의 욕심을 채우기 위해 아이에게 노동을 강요하고, 아이가 일할 수 없게 되자 부모의 의무를 포기하고 결국 세상을 떠나다니.

"그렇게 나는 혼자가 됐어. 지금까지 학교도 제대로 다니지 않았고 돈 문제 때문에 친척들도 꺼려서 다들 나를 돌보려고 하지 않아. 항상 내 앞에서는 모두가 사라져 버려……. 남은 건 결국 이 집과 돈뿐이야. 정말 아이러니하지. 나랑 가족을 갈라놓은 원인인 돈이 마지막까지 곁에 남다니."

그렇게 말하는 미나세의 목소리는 떨리고 있었고, 얼굴은 눈물 없이 울고 있었다. 그것은 언젠가 봤던 애달픈 표정에 비하면 너무나 고통스러워 보였다.

하지만 나는 그런 이야기를 하는 미나세의 모습에 어느새 자신을 겹쳐 보고 있었다. 나도 가까워진 사람이 모두 불행해지고, 모두가 내 곁에서 사라진다고 생각했다. 그리고 미나세가 그림을 그릴 수 없게 되기를 바랐듯이 당시 절망에 빠진 나도 무언가를 바랐던 기억이 있다……

"이게 내 얘기야. 길어져서 미안해. 왠지 모르게 미야모토에게는 다 털어놓고 싶어졌어. 아마 내 비밀을 눈치채고 내 이해자가 되어줬기 때문이라고 생각해. …나를 찾아내 줘서 정말 고마워, 미야모토."

억지로 웃는 얼굴을 더는 볼 수가 없어서 나는 무의식적으로 미나세의 손을 잡고 말했다.

"내가 미나세를 혼자 두지 않을게! 나는 지금 여기, 미나세 곁에 있잖아! 그러니까 괜찮아. 걱정하지 마."

몇 번이고 괜찮다는 말을 반복했다. 내가 혼자가 됐을 때 누군가가 해주길 바랐던 말을, 과거에 바랐던 말을 이제 내가 건넬 차례였다. 지금까지의 내 경험은 미나세를 만나기 위한 것이 아니었을까.

"이러지 마. 다정한 말은 듣고 싶지 않아……. 미야모토는 너무해. 겨우 혼자가 익숙해졌는데. 이런 말을 들으면……."

"괜찮아. 괜찮아. 괜찮을 거야."

미나세는 줄곧 참았던 눈물을 오랜 시간에 걸쳐 천천히 흘렸다.

"정말 미안해. 미야모토 앞에서는 자꾸만 울게 되네."

차분함을 되찾은 미나세는 촉촉하게 젖은 눈을 손으로 훔치며 쓰게 웃었다.

"정말 오늘은 많이 울었네."

"이럴 때는 위로해 줘야지."

웃음을 되찾은 미나세를 보자 나는 생각보다 더 마음이 놓였다.

"미야모토가 있어서 정말 다행이야……."

"앞으로는 언제든지 내게 기대."

"응, 고마워. 하지만 미야모토는 다른 사람과 가까워지는 걸 피한다고 하지 않았어?"

"그 얘기는 신경 쓰지 마."

이미 다른 사람이라고 생각할 수 없으니 어쩔 수 없다. 나처럼 혼자가 돼서 고독에 몸을 떠는 아이가 눈앞에 있다. 그 마음을 아는 내가 곁에 있어줘야 한다.

"하지만 미리 얘기해 둘게. 나랑 같이 있으면 불행해져. 나는 역귀니까."

"그것참 무섭네. 하지만 나도 꽤 불행하거든. 여기서 더 불행해질 수 있을까?"

"그것도 맞는 말이네."

잃을 것이 없는 사람은 강하다. 그런 이론과 비슷하다고 해야 하나.

"게다가 미야모토가 곁에 있으면 혼자가 아니니까 최악은 아니지. 오히려 나는 지금 행복해. 내 모든 경험이 미야모토를 만나기 위한 것이었다고 진심으로 생각할 만큼. 그렇게 생각하기만 해도 내 안의 후회가 사라지거든."

"……."

나랑 똑같다. 미나세는 나를 보며, 나는 미나세를 보며 완전히 같은 생각을 하고 있다.

문득 미나세를 보니 마침 눈이 마주쳤다. 미나세는 부드러운 미소를 지으며 아무 말도 하지 않았다. 나도 모르

게 시선을 피했다. 나와 같은 생각을 하고 있다면, 미나세
는 이 가슴의 두근거림이 무엇을 의미하는지 알까…?

"아, 음. 그런데 아까 말한 부탁은 뭐야?"

나는 머릿속에 떠오른 생각에서 도망치듯이 억지로 대
화를 이어갔다.

"그건 아직 비밀이야. 그런 부탁은 중요한 때를 위해서
아껴야지."

그렇다고 한다. 미나세가 입가에 검지를 대고 사랑스
럽게 말했다. 휴대폰으로 시간을 확인하니 경찰이 청소년
귀가를 지도할 시간이었다. 이제 곧 막차도 끊긴다. 슬슬
돌아가야 하는데 혼자서 그 주택가의 미로를 돌파할 자신
이 없다. 그래서 나는 마음을 정하고 말했다.

"이제 슬슬 집에 가야 하는데 분명히 그 주택가에서 헤
맬 것 같아."

"내가 학교까지 데려다줄게."

"아니야. 그러면 내가 미나세를 집까지 데려다준 의미
가 없잖아. 게다가 이렇게 늦은 시간에 외출하면 위험해."

"그러면 우리 집에서 자고 갈래? 내일도 학교는 가야
하지만."

"아, 아니. 그건 안 될 것 같은데."

젊은 남녀가 함께 숙박하는 상황은 바람직하지 않다.

"나는 괜찮은데……."

"아니야. 자고 갈 수는 없어."

"아쉽네……. 그러면 어쩌려고?"

"그러니까, 혹시 괜찮으면 휴대폰 번호를 교환하지 않을래?"

"……."

"……."

어색한 침묵이었다.

"휴대폰 번호……."

"싫으면 무리할 필요는 없어. 그냥 이제 곧 여름방학이고 보충 수업도 같이 들으니까 바로 연락할 수 있으면 좋겠다고 생각했는데. 어때?"

"……."

이 침묵은 내 마음을 우울 속에 잠기게 할 만큼 씁쓸했다.

"아니야, 됐어. 내가 알아서 갈게. 내일 아침에 등교 중에 길을 잃은 나를 발견하면 주워가줘."

"…후후. 미야모토, 오늘 좀 이상하네. 거절할 리가 없잖아. 응, 나도 전화번호 교환하고 싶어. 그냥 미야모토의

발상에 놀랐을 뿐이야."

내 일생일대의 용기가 무로 돌아갈 줄 알았는데…….
정말 다행이다.

"그나저나 번호는 어떻게 교환해?"

맹점이다. 그때부터 휴대폰과 몇 분간의 사투를 벌인
우리는 무사히 서로의 연락처를 손에 넣었다.

"그러면 나는 이제 가야겠다."

"응. 파스타 정말 맛있었어……. 잘 먹었어."

그 감상을 들은 것만으로 미나세에게 또 요리를 해주
고 싶다는 생각이 들었다.

"별말씀을. 그러면 갈게."

"응, 오늘 와줘서 고마워. 조심히 가."

손을 흔드는 미나세에게 나도 손을 마주 흔들며 처음
으로 방문한 이성의 집을 나섰다.

깔끔하게 정리된 가로수와 사람을 미아로 만들기 위해
줄지어 늘어선 집들이 이어진다. 마치 계속 같은 길을 걷
는 듯한 기분이다.

✉벽돌로 된 서양풍 주택이 보이면 그 너머 모퉁이에서 오
른쪽이야.

나는 미나세와 연락하며 길을 안내받고 있었다. 미나세와 연락하면서 휴대폰이 본래의 용도를 다하고 있다는 사실에 기쁨을 느꼈다. 집에 돌아가는 발걸음이 가볍다. 가로수 등 곳곳이 장식된 거리가 마치 나를 축복하는 듯했다.

"그나저나 꽤 장식이 화려하네. 축제라도 열리나."

✉이 근처는 장식이 많네. 행사라도 열려?

✉매년 7월 말에 불꽃놀이 축제가 열리거든.

✉그렇구나. 불꽃놀이 축제가 열리는구나.

혼자 살게 된 후로 한 번도 참가하지 않은 이벤트다.

✉불꽃놀이 색이 안 보이는 내게는 큰 소리가 나는 이벤트에 불과해서 그다지 좋아하지는 않지만 말이야.

✉그건 어쩔 수 없지.

나는 미나세가 알려준 대로 벽돌로 지어진 집 모퉁이에서 오른쪽으로 꺾었다. 그리고 천천히 앞으로 걸어갔다.

몇 분 후, 연달아 휴대폰이 진동했다.

✉나랑 같이… 불꽃놀이 축제에 가지 않을래…?

✉답장이 늦어져서 미안해. 뭐라고 말을 꺼내야 할지 고민했거든.

생각지 못한 제안이었다.

✉불꽃놀이는 그다지 안 좋아한다며?

✉하지만 우리 또래 사람들이 즐길 법한 행복한 이벤트는 동경의 대상이기도 해.

그림만 그려야 했던 미나세는 그런 행사를 경험한 적이 없나 보다.

✉괜찮겠어?

✉모토미야가 함께라면 괜찮을 거야. 게다가 내게 색을 보여준다고 했잖아.

✉응, 내가 미나세에게 색을 보여줄게.

✉그러면 문제없을 거야.

✉좋아, 같이 가자.

✉정말?

메시지에 불꽃놀이 이모티콘이 따라왔다.

✉응, 당연하지.

✉기뻐……. 벌써 너무 기대된다.

그리고 우리는 자세한 일정을 정했다. 불꽃놀이 축제는 7월 마지막 날에 열린다. 전날과 다음 날에도 축제가 열리지만, 역시 불꽃놀이 축제가 열리는 당일에 방문하기로 했다.

불꽃놀이 축제 당일에는 학교에서 보충 수업이 있으니

각자 수업이 끝나자마자 학교 중앙 현관에서 만나기로 약속했다.

나는 머릿속으로 준비물을 떠올렸다. 나중에 불꽃놀이의 색을 보여주려면 내가 그림을 그려야 하니까, 불꽃놀이를 촬영하기 위한 카메라를 준비해야 한다. 그리고…….

온갖 상상에 마음이 들떴다. 그러다 문득 너무 들뜬 나머지 모르는 길로 접어들었다는 사실을 깨달았다.

✉️미나세. 나, 길을 잃은 것 같아.

예상대로 길을 잃었다.

✉️앗… 미안해. 불꽃놀이 축제 얘기를 하느라 깜빡했네……. 주벽에 뭔가 눈에 띄는 건물이 있어?

눈에 띄는 건물을 찾아봤지만 비슷한 집들이 나란히 늘어서 있을 뿐이다.

"앗."

주변을 관찰하면서 계속 걷다 보니 조금 넓은 공터에 도착했다. 지금까지의 길과 분리된 공간은 소소한 놀이기구와 벤치가 설치된 공원처럼 보였다. 공원 옆에 빼꼼히 자리한 오두막 비슷한 집에는 풀이 무성해서 마치 숲 모퉁이에 있는 마녀의 집을 연상하게 했다. 그 건물은 카페였다. 매일 여는 연중무휴 카페라니 상당히 특이하다.

✉카페가 있어. 마녀의 집 같이 생겼네.

✉카페? 마녀의 집? 지금까지 이 동네에 살면서 그런 곳은 본 적이 없는데…?

항상 다니는 길에서 벗어난 장소는 방향치인 미나세에게 생소한 듯했다.

✉가게 직원에게 물어볼게.

휴대폰을 주머니에 넣은 나는 낡은 나무로 만들어진 문을 열었다.

"어서 오세요."

"저, 저기. 길을 좀 묻고 싶은데요."

가게 안은 외관과 전혀 다르게 청결했다. 카페와 바의 중간 같은 내부는 마치 어른의 카페 같은 분위기였다. 손님은 나 하나뿐이다. 가게 안에 장식된 한 장의 그림이 인상적이었다. 그 그림에는 평범한 거리를 배경으로 한 소녀가 그려져 있었다.

"길을 잃는 바람에 이 카페에 들어왔나요?"

"네, 맞아요."

"고생이 많네요. 커피라도 한잔 마시고 가요."

무척 친절한 마스터였다. 가게 직원은 눈앞의 남성뿐

이니 이 사람이 마스터일 것이다. 하지만 친절함으로는 차마 다 감출 수 없는 수상한 분위기가 느껴졌다. 외모와 목소리로는 나이조차 가늠이 안 된다. 20대라고 해도, 40대라고 해도 고개를 끄덕이게 되는 사람이었다. 얼굴에도 이렇다 할 특징이 없었다.

"감사합니다."

커피는 먼저 향기를 즐기는 음료라고 어디에선가 들었다. 나는 그 말에 따라 건네받은 컵에 코를 가져다 댔다. 향기를 맡아 보지만 커피 특유의 차분하고 풍부한 향이 코끝을 간지럽힐 뿐, 커피의 질까지 판단할 수는 없었다.

"어떤가요, 우리 가게가 자랑하는 커피는?"

"좋네요. 살짝 느껴지는 산미가 좋아요."

어쩔 수 없이 대충 얼버무렸다. 가게가 자랑하는 커피라는 말에 잘 모르겠다고 대답하면 실례라는 생각이 들어서 어디선가 주워들은 말로 적당히 칭찬할 수밖에 없었다.

"다행이에요. 손님은 뭘 좀 아시네요."

"아니에요. 저는 아직 어려서 커피를 즐기는 수준은 아닙니다."

사실을 말했을 뿐인데 묘하게 겸손을 떠는 듯한 느낌이 되어 버렸다. 나는 커피를 안 좋아한다. 정확히 말하면

쓴맛은 대부분 좋아하지 않는다.

"그렇다면 미래가 기대되네요."

마스터가 유쾌하게 웃었다. 그 미소도, 여유로운 목소리도, 이 카페의 분위기도, 전부 다 신비롭다.

"저, 저기, 길을 알려주실 수 있나요…?"

본능적으로 오래 있으면 안 될 것 같다는 생각이 들어 마스터에게 말을 걸었다. 그러자마자 내 앞에 놓여 있던 카페 메뉴에서 불가사의한 현상이 목격됐다. 눈을 의심하게 만드는 광경이었다.

"손님 눈에도 보이나요?"

커피를 비롯한 케이크 등 카페다운 분위기가 물씬 풍기는 메뉴판의 글자가 서서히 사라졌다. 그리고 글자가 완전히 사라지자 새로운 글자가 떠오르기 시작했다. 커피 … 3백 엔 이라고 쓰여 있던 부분은 소원… 대가에 따라 라는 글자로 바뀌었고, 메뉴에는 그 문장 한 줄만 남겨졌다.

소원… 대가에 따라

이것이 지금 이 카페의 유일한 메뉴였다.

"마스터, 이게 뭔가요?"

"뭘 원하시나요?"

"네?"

"여기는 이루어지지 않은 소원이나 강렬한 소원이 있는 사람, 혹은 삶의 의미를 잃은 사람이 찾아오는 가게입니다. 카페는 시늉에 불과하죠. 사실 이 가게는 사람의 소원을 다룬답니다."

"무슨 말인지 모르겠어요."

"쉽게 말하면 여기는 대가를 받고 사람들의 소원을 이뤄주는 곳입니다. 억만장자가 되고 싶다. 멋진 연인을 만나고 싶다. 그런 소원을 대가에 따라 가장 비슷한 형태로 실현해 드리죠."

"마, 말도 안 돼……."

믿을 수 없다. 하지만 이해는 할 수 없어도 눈앞에 있는 남자의 말이 거짓이라는 생각은 들지 않았다. 이것이 내가 이 가게에 들어오고부터 계속 느낀 위화감이라고 직감했다. 어쩌면 이곳은 진짜 마녀의 집일지도 모른다.

"자, 손님의 소원은 뭔가요?"

"저는 딱히……."

"말했잖아요. 이곳은 소원이 있는 사람이나 삶의 의미를 잃은 사람이 오는 곳이라고. 평범한 사람은 이 가게에 찾아올 수조차 없어요. 게다가 손님은 진짜 메뉴를 확인하셨죠. 그것은 손님에게 무언가 소원이 있다는 뜻입니다."

소원. 누구나 소원 정도는 품고 산다. 그런데 왜 내가 하필이면 이 시점에 이런 장소에 오게 됐을까? 내가 아니어도 이런 기회를 바라는 사람이 많을 텐데. 나는 무의식적으로 미나세의 모습을 떠올리며 그런 생각을 했다.

"내 소원……."

행복했던 시간을 되찾고 싶다는 소원은 항상 품고 있다. 그러나 그 행복이 무너질 때의 고통을 알고 있으니 순순히 그 행복을 바랄 수는 없다.

그런 생각을 하다 문득 깨달았다. 나는 행복한 시간을 되찾고 싶다기보다는 행복할 미래의 시간을 잃고 싶지 않다. 나는 가족을 잃었다. 분명히 그것은 슬픈 사실이고, 만약 가족이 돌아올 수 있다면 돌아오길 바란다. 하지만 나는 그렇게 과거를 바라봄과 동시에 미래에 대한 희망도 품고 있다. 미나세가 있는 미래에 대한 희망을.

"뭐든 말씀하세요. 대가에 따라 소원이 이뤄질 수도 있답니다."

이 가게가 비현실적인 장소라는 사실은 알았다. 소원을 이룰 수 있다는 말은 믿기 어렵지만, 일단 믿어보기로 했다. 그런데 어째서 이런 장소, 자칫 잘못하면 엄청난 일이 일어날 법한 장소가 이렇게 아무렇지 않게 카페를 운

영하고 있을까.

"소원은 있어요. 하지만 그 전에 한 가지 질문을 해도 될까요?"

"물론이죠. 뭐든 물어보세요."

"어떤 소원이든 이뤄준다니 너무 위험하지 않나요? 만약 많은 사람을 불행하게 만드는 소원이 이뤄지면……. 정말 그런 일이 가능하다면, 이 가게는 존재할 수 없지 않나요? 만약 한 명이라도 그런 사실을 아는 사람이 있다면 문제가 될 테니까요."

단순한 의문이었다. 그렇게 위험한 일을 한다면 누군가가 막을 텐데.

"아아. 그건 그렇죠. 당연히 이 가게에 대해서는 아무도 몰라요."

"그렇다면 그런 비밀을 저한테 털어놓아도 괜찮나요?"

"괜찮습니다. 이 가게를 나선 후 공원을 지나면 이 카페에 대한 기억을 완전히 잊어버리니까요."

"잊어버린다고요?"

"이 가게에 온 사람은 먼저 커피를 한잔 마십니다. 커피를 안 좋아하시는 분들께는 주스를 드리고요."

"아, 그렇구나. 가게에서 나오는 것을 입에 대면 기억이 사라지는군요."

"맞습니다."

흔한 이야기다.

"그리고 저도 가게에 오자마자 커피를 마셨으니 말해도 문제가 없겠네요."

"맞습니다. 참고로 이 가게에서 제공한 것을 먹은 사람에게만 이 메뉴가 보입니다."

그렇다고 한다. 하지만 사실 나는 커피를 마시지 않았다. 향만 맡았을 뿐이다. 하지만 메뉴가 보였다. 커피 향기만으로도 그런 효과가 있나?

아마 결과는 가게를 나가면 알 수 있겠지. 여기서 이것저것 물어보면 내가 커피를 마시지 않았다는 사실을 눈치챌 수도 있다. 그러니 신중하게 할 말을 골랐다. 다행히도 내게 메뉴가 보여서 의심은 하지 않는 기색이었다.

"어떤 소원이든 이뤄지나요?"

"기본적으로는 그렇죠. 단 그 소원으로 인해 영향을 받는 사람은 반드시 본인이어야 합니다."

"그게 무슨 뜻인가요?"

"극단적인 예를 들면 사람을 죽여달라거나 다시 살아나게 해달라는 소원은 이룰 수 없습니다. 사람을 죽이거나 살리는 일이 아무리 소원의 주인에게 좋은 일이라 해도 그로 인해 가장 큰 영향을 받는 사람은 소원의 대상이 되는 사람이니까요. 반대로 말하면 자신을 죽여달라거나 살려달라는 소원은 이뤄드릴 수 있다는 뜻이죠."

"다시 살아날 수도 있다고요?"

"네. 하지만 죽은 사람이 소원을 품을 수는 없으니, 이런 경우에는 죽음이 가까워진 사람이 사후에 자신을 되살려달라고 소원을 빈다면 가능하겠죠."

사람이 되살아난다면 세상의 섭리가 무너질 수 있다.

"참고로 아까부터 대가라는 얘기를 하시는데, 대체 무엇을 대가로 내놓아야 하나요?"

"소원에 필적하는 것이죠. 방금 말한 '나를 되살려 달라.'라는 소원을 이루는 대가는 자기 자신 혹은 자기 자신과 동등한 가치를 지닌 사람의 목숨입니다."

오싹한 이야기였다. 즉, 여기는 소원뿐만이 아니라 목숨도 다루는 곳이다. 아무렇지 않게 그런 말을 하는 마스터를 보고 있으니 두려워서 당장 이 가게에서 나가고 싶어졌다.

"막차가 끊길 것 같으니까 이만 갈게요."

"설명만 듣고 소원은 말하지 않은 채로 돌아가신다고요?"

나를 의심하는 눈빛이었다. 무엇이든 꿰뚫어 보는 듯한 눈동자다. 이 가게도, 이 마스터도 정체를 알 수 없다.

이루고 싶은 소원은 있다. 하지만 내 마음속의 그것은 미래에 대한 소원이다. 이렇게 수상한 가게에 의지하지 않고 내 손으로 그 미래를 이뤄내야만 의미가 있다.

"하긴 막차가 끊기면 곤란하죠. 와주셔서 감사합니다."

"네. 이만 가보겠습니다."

나는 문을 열고 밖으로 나왔다. 살았다. 나도 모르게 한숨이 나왔다. 묘하게 팽팽한 공기 때문에 긴장했나 보다.

"무서웠어……."

솔직한 감상이었다. 그러다 길을 묻는 것을 깜빡했다는 사실을 떠올리고 시간을 허무하게 날렸다는 생각에 자신을 저주했지만, 다시 그 카페로 돌아갈 용기는 없으니 차라리 아침이 되더라도 스스로 미로를 돌파해야겠다고 생각했다. 공원을 지남과 동시에 왼쪽 바지 주머니가 작게 진동했다.

✉ 모토미야가 모르는 사람에게 말을 건다고? 정말 의외네.

✉ 모토미야, 괜찮아?

미나세가 보낸 두 통의 메시지였다. 시간을 보니 20분 전과 5분 전에 수신한 메시지다. 20분 전에 보낸 메시지를 지금 수신한 셈이다. 이 상황이 너무 꺼림칙해서 카페가 있던 방향을 돌아보니 그곳에는 평범한 집이 늘어서 있었다.

마치 환상이라고 말하듯이, 혹은 내 기억에서 사라지려는 듯이 그 카페의 흔적은 어디에도 없었다. 진짜 마녀의 집이었나? 그런 생각이 들 만큼 오싹했다. 미나세가 보낸 메시지를 수신하지 못한 것도 그 수수께끼투성이인 카페 때문이라고 생각하면 이해가 갔다.

✉ 답장이 늦어져서 미안해. 나는 괜찮아.

시야 끝에 사이요 고등학교가 보였다. 무사히 집에 갈 수 있겠다.

그런데 공원을 지나도 나는 조금 전의 그 카페에서 있었던 일을 선명히 기억했다.

다음 날. 아침부터 무카이 선생님께 호출당한 나, 미나세, 미즈키는 교무실로 향했다. 무슨 일인지 걱정되기는 했지만 정말로 혼내려고 부른 것은 아니었다. 미술 수업 시간에 그린 우리의 그림을 동네 전시회에 출품하고 싶다는 이야기였다.

"그래서 너희 세 사람의 그림을 출품하고 싶은데. 괜찮을까?"

"저는 좋습니다."

"저도요. 원하는 대로 하셔도 돼요."

"아, 저는……."

나랑 미즈키의 그림은 출품이 확정됐지만, 미나세는 거절하고 싶은 모양이다. 당연한 반응이다. 인생을 망친 원인이 그림이니까. 아무리 학교의 부탁이라도 출품하기는 꺼려질 수밖에 없다.

"선생님! 저, 미나세가 그린 그림을 가지고 싶습니다! 주세요. 제발 주세요."

그렇게 말하고는 선생님의 손에서 한 장의 그림을 빼앗았다.

"미, 미야모토."

"너무너무 가지고 싶었거든요. 허락해 주세요."

"선생님. 저도 미야모토가 제 그림을 가졌으면 좋겠어요."

내 목적을 눈치챈 미나세도 합세했다.

"미나세가 그렇게 말한다면……."

"역시 선생님. 정말 학생에게 친절하시네요. 선생님의 모범이에요. 최고의 선생님입니다. 선생님이 담임이라서 정말 행복해요."

"그, 그래? 학생이 그렇게 말해주니까 무척 기쁘네."

엄격한 분위기와 달리 선생님은 칭찬에 쉽게 넘어갔다. 부끄러운지 선생님은 한 갈래로 묶은 머리카락을 만지작거리고 있다.

"그러면 이만 가보겠습니다. 제 그림은 출품하셔도 돼요."

우리 셋은 한 목소리로 "안녕히 계세요."라고 말한 후 교무실을 나섰다.

"미야모토, 도와줘서 고마워……."

"별말씀을. 그림을 가지고 싶다는 말은 진심이야."

너무 노골적으로 감싼 느낌이 없잖아 있다.

"그나저나 미야모토가 그렇게 무카이 선생님을 좋아하는 줄은 몰랐네."

"어?"

"이건 농담이었어. 진담이 아니야."

그리고 별일 없이 시간이 흘렀다.

학교에서는 나와 미나세의 거리가 가까워졌다며 몇 번이나 미즈키가 장난을 쳤지만, 그 길었던 하루를 상세히 설명하지 못한 탓에 미즈키는 계속 답답함을 느끼는 모양이었다.

어쨌든 7월은 빠르게 지나 어느새 끝자락에 다다랐다. 최고 기온이 35도를 넘는 무더위가 찾아오고 매미 울음 소리가 시끄러운 계절이 됐다.

그런 가운데 나는 7월 마지막에 열리는 불꽃놀이 축제를 위한 준비를 시작했다. 축제에 필요한 준비물 중에는 내가 준비할 수 없는 것도 있었기에 학교에서 미즈키에게 '한 가지 부탁'을 했다. 미즈키는 빚을 지웠다고 말하며 흔쾌히 승낙했지만, 나는 미즈키에게 빚을 졌다는 사실이 조금 겁나기도 했다.

그리고 드디어 여름방학이 시작됐다.

첫날부터 계속 보충 수업이 있던 탓에 방학이라는 실감은 나지 않았지만, 집에서 혼자 있는 것보다는 나았다.

보충 수업 사이에 틈이 날 때마다 나는 불꽃놀이 축제를 생각했다. 한 가지 목표를 위해 준비한다는 것은 생각보다 즐거웠고 처음 느끼는 만족감이 있었다.

그리고 7월의 마지막 날. 드디어 축제 당일이 됐다.

"나는 불꽃놀이 축제를 준비해야 하니까 일단 집에 갈게. 미나세는 보충 수업이 끝나면 연락해. 아마 그전에는 학교에 돌아올 거야."

"응, 알았어. 중앙 현관에서 기다릴게."

"그러면 이따 봐."

보충 수업을 마친 나는 아직 수업이 남은 미나세를 두고 교실을 나섰다. 아직 날이 저물지 않아서 밤에 시작하는 불꽃놀이 축제까지 시간이 남아 있다. 미나세의 보충 수업도 아직 많이 남은 상황이다. 그래서 나는 미리 준비를 마치려고 행동을 개시했다.

카메라는 챙겼다. 돈도 충분하고, 일단 그림 도구도 챙겼다. 미나세가 옷은 교복이면 된다고 말했지만 나는 모처럼의 불꽃놀이 축제인 만큼 미나세가 유카타를 입기를 바랐다. 그래서 유카타를 준비했다. 그것이 내가 미즈키에게 한 부탁이었다. 마지막 준비물인 유카타를 받으려고 근처 역으로 향했다.

✉️이제 곧 역에 도착해.

✉️알았어. 나도 곧 도착해.

오늘을 위해 미즈키와 연락처를 교환해 뒀다. 역에 도착하니 미즈키는 이미 만나기로 약속한 역 앞 광장 벤치에 앉아 있었다.

"미즈키, 늦어서 미안해. 오래 기다렸어?"

남녀가 약속 장소에서 만날 때 꼭 하는 말이 내 입에서 나왔다는 사실에 놀라면서도 그렇게 물었다.

"아니, 나도 방금 왔어."

"부탁을 들어줘서 고마워."

"괜찮아. 하지만 나한테 진 빚은 받아낼 거야!"

"뭘 받아낼 생각인데."

"그건 유카타를 돌려받을 때 말할게. 자, 여기."

"아, 고마워."

건네받은 큰 종이 가방에는 깔끔하게 접힌 유카타가 들어 있었다. 미나세를 처음 만났을 때 입고 있던 원피스 무늬랑 비슷하게 흰 바탕에 파란색 꽃무늬 자수가 놓인 유카타는 미나세에게 잘 어울릴 것 같았다.

"그나저나 갑자기 미야모토가 유카타를 빌려달라고 해서 놀랐어."

"그러게. 나도 이런 부탁을 할 줄은 몰랐어."

"미나세를 위해서지?"

"응. 모처럼의 불꽃놀이 축제니까 유카타를 입으면 좋겠더라고. 아마 입어본 적이 없을 테니까."

"그렇구나."

"왜?"

지금의 미즈키에게는 평소와 같은 기세가 느껴지지 않았다.

"아무것도 아니야. 모처럼의 불꽃놀이 축제니까 즐기고 와. 물론 나도 친구랑 갈 예정이지만."

"역시 반장이네. 인기가 많아."

"남녀 둘이 가는 미야모토가 그렇게 말하면 비꼬는 것처럼 들리거든?"

"어?"

곰곰이 생각해 보니 고등학생 남녀가 불꽃놀이 축제에 가면 연애 감정이 얽힌 상황으로 받아들여질 수도 있겠다. 그 사실을 인식한 순간, 예전처럼 내 가슴이 쿵쿵 뛰며 간질거렸다.

"모토미야, 혹시 아무 생각도 없이 같이 가자고 말했어?"

"잠깐만. 내가 가자고 한 게 아니야."

"그러면 유에가 가자고 했어?"

"으, 응."

"엄청 의외네. 미야모토가 제대로 리드해야지."

"힘낼게."

"그럼 유카타를 돌려줄 때 무슨 일이 있었는지 들려줘."

"안 돼. 안 알려줄 거야."

"나한테 빚을 졌잖아."

"윽……."

역시 미즈키에게 빚을 지는 일은 피해야 했나.

"어쨌든 즐기고 와."

"응. 고마워."

"나는 이제 가볼게. 유카타는 아무 때나 돌려줘."

"알았어. 다음에 보자."

그렇게 말한 미즈키는 바로 자리를 떠났다.

"단둘이라……."

그 사실이 나를 더욱 긴장하게 했다. 발걸음을 돌려 다시 돌아가려 했을 때, 교복 바지의 왼쪽 주머니가 진동했다.

"벌써 보충 수업이 끝났나?"

휴대폰을 꺼냈다. 진동의 주인은 역시 미나세였다. 그러나 이 진동의 박자는 내게 익숙하지 않았다.

"전화…?"

메시지가 아니라 전화다. 갑작스러운 상황에 심장 박동이 빨라졌다. 나는 떨리는 손으로 통화 버튼을 눌렀다.

"미야모토!"

그러나 내 귀에 들린 목소리는 미나세의 차분한 소프라노가 아니었다. 무카이 선생님의 목소리였다. 왜 미나세의 휴대폰으로 무카이 선생님이 전화를 걸었지?

나를 부르는 무카이 선생님의 목소리는 고막을 찢을 듯이 크고 무척 다급했다.

"네, 전데요. 무슨 일……."

왜 선생님이 미나세의 휴대폰으로 전화를 걸었는지 물어보려 했지만, 조금 전과 달리 무척 작은 선생님의 목소리가 내 말을 가로막았다.

"미나세가 쓰러졌어."

제4장

그녀의 소원

　반복되는 파열음. 그 소리 하나하나가 심장에 닿아, 불안도 하나씩 쌓이는 것만 같다. 그렇게나 기대했던 불꽃놀이 소리가 지금은 무척 불쾌했다.

　나는 전화를 받자마자 무카이 선생님이 말한 병원으로 향했다. 내가 병원에 도착했을 무렵 미나세는 이미 무카이 선생님의 대처로 곧장 병원에 옮겨진 상태였다.

　의사는 피로가 쌓인 탓이라고 했지만, 애매모호한 말투로 미루어 볼 때 원인은 명확하지 않은 듯했다. 미나세는 며칠 동안 검사 때문에 입원해야 했다. 나와 무카이 선생님은 병원 대기실에서 미나세가 눈을 뜨기를 기다렸

다. 무카이 선생님이 자동판매기에서 뽑은 녹차를 내게
건넸다.

"자, 미야모토."

"고맙습니다."

침착한 선생님에게서 어른의 품격이 느껴졌다. 나 혼자
였다면 지금보다 훨씬 당황하며 허둥대고 있었을 것이다.

나는 오히려 머리를 싸매고 내가 만든 껍질 속에 숨으
려 했다. 미나세가 쓰러졌다는 연락을 받았을 때, 몇 년 전
에 뿔뿔이 흩어진 가족이 떠올랐다. 또 혼자가 된다. 내 곁
에 있어서 또 누군가가 불행해졌다. 나는 그렇게 느꼈다.

"괜찮아, 미야모토. 미나세는 반드시 눈을 뜰 거야."

"네……."

무카이 선생님도 이해할 수 없는 상황이겠지. 미나세
가 병원에 다니느라 두 달 동안 학교에 오지 못했다는 사
실은 알고 있지만, 병원에 미나세의 가족이 찾아오지 않
는 상황에 당황한 기색이었다. 그럼에도 선생님은 내게
아무것도 묻지 않고, 오히려 나를 걱정하고 있다.

이런 상황을 앞에 두고 나라는 사람의 하찮음을 통감
했다. 나는 무력한 자신에게 짜증이 나서 선생님이 준 녹
차를 단번에 들이켰다. 그러나 아무리 차가운 음료를 마

셔도 내 불안은 흘러 내려가지 않고 냉정함도 돌아오지 않았다. 기다림의 시간은 불안과 트라우마를 점점 부풀릴 뿐이었다.

한 시간 후, 미나세가 눈을 떴다는 연락을 받았다.

"미야모토는 미나세를 만나러 가. 나는 의사한테서 설명을 들을게."

나는 인기척이 느껴지지 않는 병원 복도를 이동해 미나세가 있는 303호 병실로 향했다. 발소리가 울리는 리놀륨 바닥은 불안을 키우듯이 나를 비웃고, 무기질적인 병실 문은 왠지 모르게 위압적으로 느껴졌다. 애써 냉정한 척하며 문을 두드렸다.

"들어오세요."

대답이 들린 후에 문을 열고 병실에 발을 들였다.

"아, 미야모토."

"……."

"내가 불꽃놀이 축제에 가자고 했는데 이렇게 돼서 미안해."

"……."

"나, 학교에서 쓰러졌나 봐. 계속 멀쩡했는데 어떻게 된 걸까……. 즐거운 일이 있을 때마다 항상 이런다니까."

"……."

병실에는 끝나가는 불꽃놀이의 소리가 쓸쓸히, 그리고 희미하게 울렸다. 창문은 불꽃놀이의 잔상을 흐릿하면서도 선명하게 반사하고 있었다.

"미야모토도 뭐라고 말 좀 해봐. 나 혼자 말하면 재미없잖아. 이 병실에서도 불꽃놀이가 살짝 보이네."

"…미안해."

"왜 사과해? 미야모토가 사과할 이유가 없는데. 사과해야 하는 사람은 나야. 내가 쓰러진 이유를 네게서 찾으려고 하지 마……."

미나세에게는 내가 사과하는 이유가 전해졌나 보다. 나랑 함께 있는 시간이 늘어나서 쓰러졌다. 나랑 함께 있어서 불행해졌다. 그렇게 생각한 내 머릿속을 꿰뚫어 본 듯했다.

"더 가까이 와……. 지난번처럼 손을 잡아줄래?"

"으, 응. 물론이지."

나는 미나세가 누운 침대 옆에 놓인 의자에 앉았다. 나를 향해 손을 뻗은 미나세는 미소 짓고 있었다. 나는 그런 미나세의 손을 꼭 잡았다.

"이렇게 손을 잡고 있다는 사실이 무척 좋아."

"응."

"전생의 나는 외톨이라 손을 잡아주는 사람이 아무도 없었나 봐. 그래서 이렇게 손을 잡고 있으면 기쁜 게 아닐까. 그런 생각을 하면 나는 지금이 무척 행복해."

그것은 너무나 소소한 행복이었다. 고통과 행복이 균형을 이루지 못한다. 이 세상이 너무나 부조리하게 느껴졌다.

"미나세는 더 행복해져야 해."

"그런가? 지금도 무척 행복한데?"

"아니야. 더 많은 행복을 알아야 해."

나도 인생에서 꽤 이른 시기에 가족을 잃고 혼자가 됐으니 결코 행복한 인생을 살았다고 할 수는 없다. 하지만 그걸 고려해도 미나세의 행복은 너무 작게만 느껴졌다.

"그러면… 미야모토가 내게 행복을 알려줘. 나를 혼자 두지 마……."

"응, 약속할게."

병원 밖에서는 불꽃놀이가 끝을 향해 가고 있었다.

그 후에는 계속 사소한 이야기를 나눴다. 불안을 뿌리치듯이 미나세와 대화했다.

뒤늦게 무카이 선생님도 병실에 합류해서 셋이 대화를 나누다 어느새 침대에서 사랑스러운 숨소리가 들려와서 우리는 집으로 돌아갔다.

"미나세의 상태는 어떤가요?"

"아직 알 수 없대."

"1인 병실에 입원했을 정도니까 상태가 안 좋다고 생각했는데……."

내 어머니가 그랬기 때문에, 상태가 악화되어 1인실로 옮겨졌기 때문에 그렇게 생각했다.

"검사를 해야 알 수 있대. 그래도 건강해 보여서 다행이야."

"네. 그건 정말 다행이에요."

내 걱정이 기우라고 생각될 만큼 미나세는 건강한 모습이었다.

"미야모토, 데려다줄게. 차에 타."

"아, 고맙습니다."

나는 무카이 선생님의 차를 타고 집에서 가장 가까운 역에서 내렸다. 병원에서 역까지는 걸어서 갈 수 있는 거리라 굳이 차를 탈 필요는 없었지만, 오늘만큼은 무카이 선생님의 호의에 응석을 부리고 싶었다. 지금은 혼자 있고 싶지 않았고, 의지할 수 있는 어른과 함께 있다는 사실 만으로 조금은 차분해질 수 있었기 때문이다. 게다가 병원으로 향할 때는 너무 당황한 상태였기에 귀갓길이 불안하기도 했다.

"이왕 이렇게 된 거, 집으로 데려다줘도 되는데."

"그렇게까지 신세를 질 수는 없죠."

"그렇게 배려심이 넘치는 점은 미야모토의 장점이지만 동시에 단점이기도 해. 그러니 특별히 내 좌우명을 알려주지."

"좌우명이요?"

"과감하게 네잎클로버를 찾자."

"무슨 뜻인가요?"

"네잎클로버는 행복의 상징이잖아? 많은 사람이 필사적으로 찾을 만큼 드물기도 하지. 그런데 사실 네잎클로버는 상처가 생긴 어린 세잎클로버가 자라면서 잎이 갈라져서 네 잎이 되는 거야. 네잎클로버를 찾을 때 밟히면서 상처를 입은 세잎클로버가 네잎클로버로 바뀌는 셈이지."

"그렇구나. 처음 알았어요."

"요점은 쓸데없는 배려 대신 마음 가는 대로 행동하면 의외로 좋은 결과가 나온다는 뜻이야. 참고로 내가 만든 말이지."

본인이 만든 좌우명이라니. 역시 무카이 선생님답다.

"음, 그렇군요."

사실 이해하지 못했다.

"그나저나 오늘 병원 근처에서 아오이를 만났어."

"아, 미즈키도 오늘 불꽃놀이 축제에 간다고 했어요."

"그런데 유카타를 입은 애들 사이에서 혼자 눈에 띄더라. 유카타를 잃어버렸다고 하던데. 역시 아오이는 허술한 구석이 있다니까."

"네?"

"잘 가, 미야모토. 내일 보충 수업도 빠지지 말고."

무카이 선생님은 그렇게 말하고는 차를 타고 밤거리로 사라졌다. 혹시 미즈키가 무리해서 유카타를 빌려줬나.

"맞다, 유카타!"

나는 병실에 유카타를 놓고 왔다는 사실을 깨달았다.

✉️ 병실에 유카타가 든 종이 가방이 있는데, 그거 내가 두고 간 거야. 혹시 맡아줄 수 있어? 내일 가지러 갈게.

미나세에게 메시지를 보냈다. 미즈키에게도 제대로 답례해야겠다.

다음 날, 검사 입원은 본격적인 입원으로 전환됐다. 결국 미나세는 그날 이후 여름 방학 보충 수업에 오지 못했다.

8월이 지나고 새 학기가 시작됐다. 나는 보충 수업에 출석하며 여름 방학의 절반을 보냈기에 새 학기가 시작됐다는 게 실감이 나지 않았다. 정확히 말하면 여름 방학이 있었다는 사실 자체를 실감할 수 없었다.

✉지금 학교 끝났으니까 바로 갈게.

✉항상 고마워. 기다릴게.

왜냐하면 나는 미나세의 병문안을 가느라 모든 보충 수업에 출석했기 때문이다. 그 덕분에 의도치 않게 성적이 쑥쑥 올랐다. 오늘은 개학식뿐이라 오전 중에 학교가 끝나서 지금부터 병원에 향하려던 참이었다.

"미야모토, 오늘도 유에의 병문안을 가려고?"

"응, 그러려고."

목소리의 주인은 미즈키였다. 여름방학 동안 몇 번 같이 병문안을 갔다. 실은 아직 유카타를 돌려주지 못했다. 이제 슬슬 돌려줘야 하는데.

"나도 같이 가도 돼?"

"응, 물론이지. 미즈키가 가면 좋아할 거야."

"알았어. 유에한테는 내가 말할게."

미즈키는 아주 잠깐 휴대폰을 조작해서 미나세에게 메시지를 보냈다.

"걸어가려고?"

"응, 버스는 돈이 들잖아."

"그래. 우리는 아직 젊으니까! 힘차게 걸어가자. 금방 집에 갈 준비를 할게."

미즈키는 짧은 포니테일을 살랑이며 활기차게 자기 자리로 돌아갔다.

나는 미즈키를 상대하는 일에도 상당히 익숙해졌다.

"나도 준비해야겠다."

나는 303호의 문을 노크했다.

"들어오세요."

익숙한 목소리가 들린 후, 문을 열고 들어갔다.

"안녕, 미나세."

"유에, 잘 지냈어?"

"둘 다 와줘서 고마워……. 물론 잘 지냈지."

미나세는 평소처럼 침대에 누워 있다. 그 곁에는 미나세를 담당하는 간호사 다카오카 씨가 있다. 항상 미나세를 돌봐주는 사람이다.

"어머, 미야모토 군은 오늘도 문병을 왔구나. 여전히 사이가 좋네. 나는 이만 나가볼게. 혹시 미나세에게 무슨 일이 생기면 바로 부르도록 해."

이제 간호사가 내 얼굴을 기억할 지경이다.

"네, 알겠습니다."

다카오카 씨가 점심을 가져왔나 보다. 미나세 앞에는 소박한 식사가 차려져 있었다.

"유에는 지금부터 밥 먹을 시간이구나. 타이밍이 안 좋았네."

"아니야. 같이 있으면 이런 병원에서 나오는 밥도 맛있게 느껴지니까 여기 있어줘."

역시 병원 밥이다. 생김새와 맛이 일치하나 보다.

"병원 밥은 맛없어?"

"메뉴에 따라 다르지만 아주 맛있지는 않아……. 컵라면이 그리울 정도니까."

미나세는 쓴웃음을 지으며 말했다.

"아무래도 염분에 신경을 쓰니까 싱거울 수밖에 없겠지."

나는 미나세의 집에 있던 종이 상자를 가득 채운 즉석 식품을 떠올렸다. 먹기 편하기도 하지만 아마 미나세 자체가 그런 음식을 선호하는 듯했다.

"병원 생활은 식사가 별로야."

"음, 그러면 좋아하는 음식을 알려줘. 다음에 가져올게!"

"좋아하는 음식… 토마토가 들어간 콜드파스타를 제일 좋아해."

가슴이 덜컥했다.

"상당히 구체적인 메뉴네."

"지난번에 미야모토가 만들어줬는데 무척 맛있었거든."

"미야모토, 진짜야?"

"으, 응. 어쩌다 보니 그렇게 됐어."

"어쩌다 보니? 자세히 말해봐."

나는 미즈키에게 취조당하듯이 엄청난 양의 질문에 대답해야 했다. 현란한 반응에 미나세가 자연스럽게 웃는 모습을 보면 미즈키가 인기인인 이유를 알 수 있다.

그 후에도 미즈키의 여름방학 이야기를 듣고 내가 그린 그림을 보며 면회 시간이 끝날 때까지 셋이 즐겁게 시간을 보냈다.

저녁이 되어 귀가 시간을 알리는 간호사의 말에 나와 미즈키는 겨우 병실을 나섰다. 병실을 나설 때 미나세가 내게만 들리는 목소리로 작게 속삭였다.

"하루 정도 외출 허가가 나올 것 같아. 그러니까 둘이 같이 어디 가자. 불꽃놀이 축제는 못 갔잖아."

"미즈키는?"

"미즈키도 같이 가면 좋겠지만, 그 전에 미야모토랑 둘이 가고 싶은 곳이 있거든. 그러니까 미야모토가 괜찮은 날을 알려줄래?"

"알았어. 나중에 연락할게."

그렇게 말하고 병실을 나섰다.

"미야모토, 빨리 와!"

"미안, 미안."

나랑 미즈키는 노을을 보며 가까운 역을 향해 걸었다.

"노을이 참 예쁘다."

"응. 오늘은 날이 맑았잖아."

무척 선명한 주황색 하늘이었다. 나는 나중에 미나세에게 보여주기 위해 그 풍경을 사진으로 남겼다.

"그나저나 유에가 건강해 보여서 다행이야."

"그러게."

"저렇게 멀쩡한데 왜 입원한 걸까? 이해가 안 돼."

"아마 미나세가 외부에서 생활하기에는 위험한 상태라서 그럴 거야. 건강해 보여도 갑자기 쓰러지는 일이 잦다고 들었거든. 밖에서 쓰러지면 큰일이잖아."

그게 바로 미나세가 입원 중인 이유였다. 대학 병원의 검사에서도 미나세가 쓰러진 원인은 밝혀지지 않았고 몸도 뇌도 정상이었다. 그래도 쓰러지는 일이 많아서 원인을 밝히기 위해, 그리고 완치를 위해 입원하기로 했다. 가족이 없다는 점도 큰 이유를 차지했다. 부모님은 돌아가셨고 친척들은 미나세를 귀찮게 여기는 듯했다.

하지만 아이러니하게도 미나세에게는 장기 입원이 가능할 만큼의 돈이 있다.

"사실 병문안을 갈 때마다 항상 궁금한 게 있었어."

"뭔데?"

"아직 한 번도 유에의 가족을 못 봤잖아. 가족이 돌봐주면 입원할 필요가 없을 텐데."

"……."

"혹시 미야모토는 뭔가 알고 있어?"

내가 무언가를 알고 있다는 사실을 눈치채고 건넨 질문이었다. 미나세의 사정이 복잡하다는 것을 미즈키는 이미 알고 있는 듯했다.

"그건 말할 수 없어."

"그렇구나."

"…미안해."

"하긴 그런 얘기는 본인한테 직접 들어야지. 내가 없는 곳에서 내 얘기가 나오면 나도 기분은 좋지 않으니까."

미즈키도 미나세의 친구인 데다 요즘은 평소보다 더 가깝게 지내고 있다. 사람을 잘 챙기는 미즈키가 미나세를 챙겨주려는 마음도 이해할 수 있고, 무엇보다 친구라면 당연히 더 많은 것을 알고 싶어지는 법이다. 미즈키의 답답함을 충분히 상상할 수 있어서 나는 뭐라 할 수 없는 안타까움을 느꼈다.

"미야모토는 유에를 아끼는구나."

"응."

"부럽다."

미즈키가 나를 보며 말했다.

"저기, 미야모토. 유카타를 빌렸던 일 기억해?"

"아, 못 돌려줘서 미안해."

"괜찮아."

"그때 무리해서 빌려줬지? 미즈키 혼자 유카타를 안 입었다며."

"알고 있었구나. 신경 쓰지 않아도 돼. 내가 좋아서 빌려줬으니까. 미야모토가 너무 필사적이라 빌려주지 않을 수 없더라고."

미즈키는 또 나를 배려하며 웃었다. 이런 모습을 보면 많은 사람이 미즈키를 따르고 신뢰하는 이유를 충분히 이해할 수 있다.

"그래도……."

"그렇게 미안하면 지금 빚을 갚으면 돼."

빚. 미즈키가 유카타를 빌려줄 때 했던 말이다. 빚을 갚으려면 난 뭘 해야 할까.

"내가 뭘 하면 돼?"

"나를 안아줘."

"뭐?"

"지금 여기서 나를 안아줘."

무슨 소리인지 이해할 수가 없었다. 이렇게 사람들이 많은 길거리에서? 아니, 그보다 미즈키는 왜 내게 이런 말을 할까? 미즈키는 남학생들한테도 인기가 많은데?

"이해가 안 돼. 게다가 이런 곳에서?"

"장소를 옮기면 돼?"

"그런 뜻이 아니라……."

미즈키는 태연하게 나를 재촉했지만, 그 표정에는 여유가 없었다. 얼굴을 붉히며 필사적으로 부끄러움을 숨기려는 모습이다.

"내가 어떻게 하면 안아줄 거야?"

"아니, 그건 좀……."

이것은 빚을 갚기 위한 포옹이다. 아니, 아무리 그래도 안 된다. 하지만 본인이 바라는데……. 여러 자문자답이 내 머릿속에서 맴돌았다.

"그러면 내가 안을게. 그건 괜찮지?"

결국 난 이 상황에 대한 해답을 찾지 못했다. 그렇게 생각했을 때, 내 시야에서 미즈키가 사라졌다. 그 대신 내 품에서 확실한 존재감과 온기가 느껴졌다. 내 등에 닿은 두 팔이 나를 꼭 감싸 안았다.

"어……."

"미야모토의 대답이 늦은 탓이야. 이미 저지른 일은 어쩔 수 없잖아. 허락해 줘."

내 품에서 그런 말이 들렸다. 주변 사람들은 대부분 우리를 못 본 척하고 지나갔다. 내 두 팔은 갈 곳을 잃고 허공을 헤맸다.

"미야모토는 나한테 손을 안 대는구나."

침묵이 흘렀다. 물론 나의 마음속은 전혀 조용하지 않았다. 심장 박동은 비정상적인 속도로 비명을 지르느라 당장이라도 멈출 것만 같았다. 그 긴 침묵을 깨트린 사람도 미즈키였다.

"심장이 빨리 뛰네."

"……."

당연하지! 라고 외치고 싶었지만 목소리가 나오지 않았다.

"미야모토한테는 유에가 있는데. 나쁜 남자잖아!"

나는 미즈키가 무언가 착각했다고 추측했다. 상대를 착각했거나 모종의 시뮬레이션이라고 생각하기로 했다. 그게 아니라면 미즈키가 나를……

그러나 내 어리석은 생각을 토로하기 전에 미즈키가 조곤조곤 말하기 시작했다. 그 목소리는 탄식처럼 들리기도 했고, 한편으로는 자애롭게 느껴지기도 했다.

"초등학교 4학년 때 어머니가 지병으로 돌아가셨지."

갑자기 무슨 소리를 하는 걸까. 귀를 의심할 수밖에 없었다.

"그리고 2년 후에 아버지가 집을 나갔고."

그러나 미즈키의 말이 이어질수록 초조함과 불안감이 고개를 들기 시작했다. 미즈키의 말을 들을수록 내 가슴속에 일종의 공포가 차츰 싹텄다.

"그 직후, 아버지는 행방불명이 됐어."

잊고 싶었던 감정이 잇따라 흘러나왔다. 인정할 수밖에 없었다.

"여동생은 바로 조부모님이 데려갔고……."

"그만해."

나는 더는 견딜 수 없어 미즈키의 말을 가로막았다.

"어떻게 미즈키가 그걸……."

무슨 말인지 바로 알 수 있었다. 그것은 내 인생이었으니까. 미즈키는 마치 역사책을 읽듯이 담담히 내 과거를 말했다. 어째서 미즈키가 내 과거를 알고 있지. 내 머릿속에 떠오른 가장 큰 의문이었다.

나는 그 누구에게도 내 과거를 털어놓지 않았다. 중학교에서 고등학교로 진학하는 사이에 생긴 1년의 공백은 통원하던 정신과 의사 선생님에게도 말하지 않았고, 함께 지내는 시간이 가장 긴 미나세에게도 아직 말하지 않았다. 그것은 미즈키도 마찬가지였다. 나는 이런 이야기를 털어놓은 기억이 없다. 누구에게도 알리고 싶지 않은 이야기니까. 그런데 미즈키는 어떻게 이 이야기를 알고 있을까.

"영문을 알 수 없다는 표정이네. 이렇게 하면 알려나?"

미즈키는 내 등에 둘렀던 손을 떼고 뒤를 돌아본 채 한 걸음 앞으로 나아가서, 그녀의 매력 포인트인 한 갈래로 묶은 머리를 풀었다. 그리고 등 쪽에서 양팔을 겹치고 반쯤 뒤를 돌았다.

회전하는 힘에 따라 교복 치마가 중력을 거스르며 나풀거렸다. 매끄럽고 검은 머리카락도 바람에 따라 살짝 흔들렸다. 그 모습은 묘하게 그립고 익숙한 느낌이었다.

"아니."

미나세보다 훨씬 짧은 검은색 중단발의 소녀가 해맑게 웃으며 말했다.

"오빠."

오빠, 라고.

"…아, 오이?"

나를 오빠라고 부를 사람은 세상에 단 한 명뿐이다.

친척이지만 어릴 때부터 함께 살았던, 나보다 한 살 어려서 동생 같았던 여자아이. 하지만 중학생이 되기 조금 전에 헤어지고 단 한 번도 만나지 못한 내 가족. 나와 함께 있던 시절의 이름은 모토미야 아오이.

"오랜만이야, 오빠."

"지, 진짜야…?"

당황한 가슴이 진정되지 않는다. 동급생이 사실 몇 년 동안 같이 지낸 가족이라는 사실도, 외모가 너무 달라져서 여동생을 알아보지 못했다는 사실도, 전부 나를 당황스럽게 했다.

"응, 아오이가 맞아. 오빠의 과거를 안다는 점과 머리를 풀어 내린 내 모습이 그 증거야."

내 과거를 아는 사람은 당사자인 가족뿐이고, 나와 마지막까지 함께였던 사람은 아오이다. 내 과거를 알고 있다는 사실이 이 소녀가 아오이라는 흔들리지 않는 증거다. 하지만 그런 현실을 마주해도 최근 몇 달 동안 반에서 함께 시간을 보낸 여자아이가 내 여동생이었다는 사실은 믿기 힘들었다.

도저히 이해할 수 없는 상황 앞에서 나는 혼란에 빠졌다. 묻고 싶은 것이 너무 많다. 하지만 동생에게 제일 먼저 할 말은, 예전부터 정해졌다.

"아오이… 미안해."

"왜 오빠가 사과해? 사과해야 하는 사람은 나야."

"아냐. 내가 아오이를 외롭게 했잖아. 같이 있어야 할 때 나는 고집을 부려서 집에 남았어."

"아니야. 진짜로 외로웠던 사람은 오빠잖아? 내가 집에서 도망쳐서 오빠를 혼자로 만들었어."

"아니, 아오이는 도망치지 않았어. 당연한 가족의 온기를 찾았을 뿐이야."

"그게 도망친 거야."

"…하지만."

"나도 다 알아. 이웃 사람들이 오빠를 보고 역귀라고 부르잖아. 그래서 고등학교에 들어가기 전에 1년 동안 집에서 지내면서 정신과 치료를 받았다는 것도, 그게 악화해서 모든 책임을 혼자 짊어지려던 것도, 결국 사람과의 관계를 단절하고 나서야 고등학교에 다닐 수 있게 됐다는 것도, 전부 다 알아. 사실 몇 번이나 오빠를 만나러 갔어. 그런데 항상 타이밍이 안 맞아서 만날 수가 없다 보니 오빠를 따라다녔고. 그러다 정신과에 다닌다는 사실도 알게 됐어."

엄청난 이야기였다.

"어째서 그렇게까지……."

"가족이니까."

아오이는 줄곧 나를 집에 혼자 됐다는 사실을 후회하고 죄책감을 느낀 듯했다. 그래서 계속 내가 신경 쓰였겠지. 가장 괴로운 시기를 함께 극복해야 했다고 생각했을 것이다. 나 역시 같은 후회를 몇 번이나 했기에 아오이의 마음을 알 수 있었다.

"나를 낳은 부모님은 육아를 포기했대. 마침 딸을 가지고 싶었던 오빠의 부모님, 지금은 내 부모님이기도 하지만, 어쨌거나 두 분이 나를 보고 데려가서 키우기로 하셨대."

육아 포기. 그런 사정은 처음 알았다.

"그때의 나는 무척 우울했어. 세상의 모든 인간이 적으로 보였어. 하지만 오빠는 어둡고 무뚝뚝한 나를 항상 챙겨줬어. 위로해 주고 다정하게 대해줬어. 다정한 오빠 덕분에 지금의 내가 있는 거야. 이렇게 활기차게 지낼 수 있는 건 오빠 덕분이야. 그러니까."

아오이가 자세를 바로 했다. 그것은 동급생인 미즈키의 모습도 아닌, 내 동생 아오이의 연약한 모습도 아닌, 굳은 결심을 품고 "이제 도망치지 않겠다."라고 말하는 소녀의 모습이었다.

"이번에는 내가 오빠를 도울 차례야. 줄곧 우울했던 나를 이렇게 밝게 바꿔줬잖아. 그러니까 이번에는 내가 오빠의 손을 잡아줄게."

그곳에는 나를 지지해 주는 가족의 모습이 있었다.

"아오이……."

나는 이미 숨길 수 없을 만큼 고인 눈물을 흘리지 않으려고 필사적으로 참아야 했다.

"잠깐만. 오빠 지금 울어?"

"아, 안 울어……."

"그렇게 훌쩍이면서 말하면 누가 그 말을 믿어. 아하하."

"아니야… 이건 코에서 눈물이……."

"지금 운다고 인정했지?"

"어, 어라……."

설마 여동생 때문에 울 줄은 몰랐다…….

"어쨌든 오빠!"

"으, 응!"

"앞으로는 내가 오빠의 힘이 될게. 그러니까 언제든지 나를 의지해."

"흔한 말밖에 하지 못해서 미안해. 고마워, 아오이."

"그러면… 지금 당장 나를 의지하도록 해!"

지금 당장이라니. 대체 뭘 어떻게 의지하라는 말인가. 조부모님이 얽힌 상황은 지금 당장 해결할 수 없는데.

"갑자기…?"

"지금 당장 나를 의지할 일이 있잖아! 나도 얘기 정도는 들어줄 수 있다고."

"의지할 일이라니?"

아오이가 무슨 말을 하는지 전혀 모르겠다.

"유에!"

유에라는 이름을 들으니 확실히 짚이는 구석이 있기는 하다. 하지만 아오이의 상황도 나와 비슷하다. 미나세가 퇴원하려면 어떻게 해야 하는지 내게 물었으니까. 그 일에 관해 상담하면 아오이가 곤란해질 뿐이다. 그렇다면 대체 뭘 의지해야 할까?

"오빠는 유에가 무척 소중하지?"

"응, 물론이지."

나는 미나세를 소중히 여긴다. 그 사실에는 거짓도 기만도 없다.

"그렇게 확실하게 단언하니까 듣는 내가 다 부끄럽잖아."

"하지만 사실이니까. 부끄러운 일은 아니잖아."

"이걸 남자답다고 해야 할지, 둔하다고 해야 할지, 해맑다고 해야 할지 모르겠네."

"…?"

"오빠는 유에의 어떤 점이 그렇게 소중해?"

"그야 전부지. 왠지 모르지만 계속 미나세가 신경이 쓰였어. 그러다 보니 자연스럽게 소중해졌고."

처음에는 미나세의 그림에 흥미가 있었다. 하지만 차츰 내 흥미의 대상은 미나세의 그림이 아니라 미나세 그 자체가 되었다. 시간을 공유하며 조금씩 물드는 미나세의 표정과 말이 눈부셨기에, 그것이 나의 그늘진 나날을 비춰줬기에. 그런 미나세를 항상 신경 쓰고 무의식적으로 눈으로 좇게 됐다.

"유에를 왜 그렇게까지 소중히 여겨? 오빠는 다른 사람과 가까워지는 일을 부정적으로 여겼잖아."

그것은 아름답고 아련한 미나세가 사질 것 같았기 때문이다. 나는 미나세가 사라지지 않길 바라는 마음으로 그 내면에 품고 있는 것들을 알아갔다.

"처음에는 나랑 비슷하다고 생각했어. 예전에 집 안에 틀어박혀 있던 나와 비슷한 느낌이었거든. 그래서 그냥 둘 수 없었어."

"그러면 지금도 가까이 지내는 이유는 뭐야?"

"내가 미나세랑 같이 있고 싶다고 생각하니까."

그래, 나는 같이 있고 싶다. 같이 그림을 그릴 때 즐거웠다. 같이 웃을 때 기뻤다. 같이 있어서 행복했다. 내 일상의 일부에 녹아든 미나세의 다양한 표정이 따뜻했다.

때로는 다정함을 알려주고, 때로는 장난을 치며 귀엽게

웃고, 때로는 숨기고 있던 약한 모습을 보여 주기도 했다.

미나세의 모든 면이 소중했다. 그렇기에 같이 있고 싶다고 강하게 바랐다.

"돌려 말하지 않을게. …오빠, 유에를 좋아하지?"

"…어?"

좋아, 한다고?

핵심을 찌르는 그 말을 들었을 때, 내 가슴에 걸리던 무언가가 크게 흔들렸다. 줄곧 소중하다고 생각했다. 분명히 무언가 특별했다. 그런데, 그 특별함이… 내가 미나세를 좋아한다는 감정이었나…?

지금까지 느껴보지 못했던 감정을 감당할 수가 없어서 내 머릿속에는 물음표가 가득했다.

"아, 역시 자각이 없었구나. 그렇겠지. 오빠니까."

"그 어이없다는 표정은 뭐야."

"무슨 소리야? 내가 언제 그런 표정을 지었다고?"

묘한 말투가 상당히 신경 쓰인다.

"어쨌든 쇠뿔은 단김에 빼야지, 오빠. 유에도 오빠의 좋아한다는 말을 기다리고 있을 거야."

"아니, 아직 나는 아무 말도 안 했잖아!"

"난 알아. 유에가 나랑 둘이 얘기할 때랑 오빠랑 얘기할 때랑 표정이 다르거든. 오빠랑 얘기할 때, 유에는 여자애의 얼굴이야."

나는 아오이의 말을 온몸으로 곱씹었다. '여자애의 얼굴'이라는 말에는 상당한 독성이 있는지 내 마음의 심지가 마비되고, 동시에 심장이 더 크게 뛰었다. 그 말은 전부를 꿰뚫은 창처럼 끝내는 자신을 억누르는 힘마저 돌파하려 한다.

"그, 그보다! 이름은 어떻게 된 거야?"

자제력이 경종을 울린 탓에 나는 급하게 대화 주제를 바꿨다.

"앗! 화제를 돌리네? 뭐, 좋아. 당연히 아오이 미즈키라는 이름은 가명이야. 사이요 고등학교도 오빠를 만나려고 입학했고. 처음부터 정체를 들키면 의미가 없잖아."

"가명을 써도 괜찮아?"

"나도 잘 모르지만, 할아버지한테 귀엽게 부탁했더니 어떻게든 되더라고. 참고로 오빠라면 성으로 부를 테니까 아오이라는 성을 고르고, 아빠랑 엄마한테서 한 글자씩 따서 미즈키라는 이름을 붙였어."

어머니 이름은 모토미야 미에코, 아버지는 이름은 모토미야 가즈키니 합치면 미즈키가 된다. 그나저나 할아버지는 손녀에게 너무 약하지 않나?

"그런데 내가 아오이라고 부르길 바랐다면 왜 계속 미즈키라고 부르게 내버려 뒀어?"

"막상 아오이라고 불린다고 생각하니 겁이 났거든. 마침 이름을 알길래 그대로 두기로 했어."

처음부터 아오이라고 불렀다면 나도 괜히 부끄러운 일을 겪지 않아도 됐을 텐데.

"하지만 진짜로 아오이인 줄은 몰랐어. 많이 어른스러워져서 전혀 눈치를 못 챘네. 머리를 푼 지금도 언뜻 봐서는 모르겠어."

"헤헤, 나도 이것저것 노력했거든. 어때? 많이 예뻐졌어?"

"응. 무척 예뻐졌어."

"어, 음. 대답할 줄은 몰랐네⋯⋯."

"노력했다며? 그렇다면 나도 부끄러움을 무릅쓰고 솔직하게 말해야지."

"그런 부분에서 예의를 따지는 점은 여전하네. 아, 나는 역까지 안 가니까 여기서 헤어지자."

"그러면 데려다줄게."

"괜찮아. 여기면 돼. 얘기 들어줘서 고마워. 다음에 집에 놀러 갈게!"

"나야말로 아오이를 만나서 정말 기뻐. 항상 기다릴게."

"아, 마지막으로 하나만 더."

그렇게 말하고는 아오이가 입을 열었다.

"어제 유에 몸 상태가 안 좋았나 봐. 간호사인 다카오카 씨랑 나도 유에한테 입막음 당했는데, '모토미야한테는 말하지 말아줘. 걱정하게 하고 싶지 않아.'라고 했어. 나는 우연히 알게 됐지만 역시 이런 일은 유에랑 가장 가까운 오빠가 알고 있어야 한다고 생각해."

"안 좋았다니… 얼마나?"

"나도 자세히는 모르지만 하루 종일 의식이 없었대."

미나세는 병원에서도 아무것도 알지 못하기 때문에 치료조차 불가능한 상태라고 했다. 여기서 더 상태가 안 좋아진다면, 정말로 방법이 없다.

"…그렇구나. 알려줘서 고마워."

어떻게든 미나세의 상태를 개선할 방법을 찾아야 한다.

"응. 얼른 나아서 셋이 같이 놀 수 있으면 좋겠다."

그렇게 아오이와 헤어졌다.

나는 집에 돌아와서 아오이의 정체를 받아들인 후 진정을 되찾고 줄곧 미나세에 대해 생각했다. 내가 알고 있는 미나세의 병에 대한 정보를 노트에 정리해 봤다.

색을 잃었다.

여름 방학 보충 수업 중에 쓰러졌다.

그때부터 종종 쓰러졌다.

어제는 의식을 잃었다.

떠오르는 정보는 이 정도다.

"으음……."

답답함에 신음만 나왔다. 나는 계속 네 줄의 문장만 바라봤다.

나는 각 정보에 날짜를 추가했다.

색을 잃었다. (고등학교 입학 전)

여름방학 보충 수업 중에 쓰러졌다. (7월 31일)

그때부터 종종 쓰러졌다. (여름 방학 동안)

어제는 의식을 잃었다. (8월 31일)

괴로웠지만 미나세에게 언제 색을 잃어버렸는지 물었다. 그러자 바로 답장이 왔다.

✉ 겨울 무렵이었어. 크리스마스나 새해 같은 이벤트로 거리가 시끌벅적했던 기억이 있으니까.

평범한 답장이 와서 조금 마음이 놓였다. 오늘은 별일이 없었지만, 어제는 계속 의식이 없었다는 이야기를 들고 혹시나 하는 마음에 불안했다. 그래서 답장이 왔다는 사실만으로 안심했다.

작년에 있었던 일이지만 아직 1년도 채 지나지 않은 상황이었다. 겨울 무렵에 그런 일이 있었다면 당연히 고등학교 입학은 어렵다. 고맙다는 답장을 보내고, 나는 휴대폰을 덮었다.

색을 잃었다. (작년 12월 말)

문장을 고친 후, 그 문장을 보다가 문득 무언가를 깨달았다. 미나세의 생활이 바뀐 계기는 전부 각 달의 마지막에 일어났다. 그렇다면 한 문장을 더 추가해야 한다.

고등학교 첫 등교. (7월 1일)

"아니, 아니지."

고등학교 첫 등교. (6월 30일)

나와 처음 만난 날이 미나세의 첫 등교일이다.

우연일 확률이 높지만, 최근 3개월은 마지막 날에 반드시 무언가 일이 생겼다. 어쩌면 이번 달에도…….

현실적이지 못한 생각이다. 하지만 의사조차 아무것도 할 수 없는 상황인데 평소의 미나세는 멀쩡한 모습이다. 그렇다면 이런 비현실적인 추측을 해도 이상하지 않다.

"…어라?"

비현실적이라는 말에 나는 묘한 불편함을 느꼈다.

그 카페. 마법 같은 일이 일어나는 그 장소. 그 신기한 카페라면 의사조차 원인을 알 수 없는 증상을 일으킬 수 있을지도 모른다. 미나세가 무언가를 바라고 그 대가를 치렀다면 의사조차 치료할 수 없는 저주를 걸 수 있지 않을까?

게다가 미나세는 분명히 이렇게 말했다.

완전히 바뀌어버린 집이 싫어져서, 예전의 가족으로 돌아가고 싶어서, 불행의 원인은 자신의 그림이니 아예 그림 따위 그릴 수 없게 되기를 바랐다고.

그리고 이런 말도 했다.

"내 바람을 이뤄주는 듯한 시점에 나는 색을 잃었어."

만약 그 카페가 원인이라면 이해할 수 있다. 어쩌면 미나세의 저주를 풀 수 있을지도 모른다. 그렇게 생각하자마자 나는 집을 뛰쳐나갔다. 전철은 이미 끊긴 시간이다. 창고에서 자전거를 꺼내 달려갔다. 미나세를 1분 1초라도 빨리 구하기 위해서, 한밤중에 카페로 향했다.

여름이 끝나가는 밤에 전속력으로 달리는 자전거. 익숙한 거리지만 심야인 데다 오가는 차량도 적어 내가 모르는 얼굴을 하고 있었다. 그때부터 아무 생각도 하지 않고 길을 헤맸다. 그러다 주택 끝에 보이는 한 갈래 길을 발견했다. 그 길을 가다 보니 탁 트인 장소가 나타났다. 벤치와 소소하게 설치된 놀이기구들. 언젠가 봤던 그 공원이었다.

있는 힘껏 달리던 자전거가 목적지에 들어섰다. 다시는 올 일이 없다고 생각했던 마녀의 집을 닮은 카페. 그 장소에 내 발로, 미로처럼 인적 없는 주택가에 홀로 뛰어들었다.

역시 이 카페는 소원이 있는 사람 앞에 나타나나 보다. 길가의 풍경이 지난번 카페를 만났을 때와는 전혀 달랐지만, 이번에도 도착할 수 있었다는 사실로 미루어 알 수 있다. 이곳은 내 이해의 범주를 초월한 장소다.

미나세를 지금의 상태로 만든 것은 틀림없이 이 카페다. 그런 근거 없는 자신감을 품고 나는 초목으로 뒤덮인 카페의 문을 열었다.

"어서 오세요. 이렇게 늦은 시간이 손님이 오시다니 드문 일이네요."

이 카페의 마스터인 눈앞의 남성에게는 뭐든 꿰뚫어 보는 듯한 섬뜩함이 있었다.

"물어보고 싶은 게 있어서요."

"길을 잃으셨나요? 최근에는 이 카페에 잘못 발을 들

이는 분들이 많아서 조금 걱정입니다만."

이 남자가 말하는 잘못 발을 들이는 사람은 '인생이라는 길에서 헤매는 사람'을 말할 것이다. 두 번째 만나니 남자의 말 속에 담긴 진정한 의미를 어렴풋이 알 것 같았다.

"아니요. 저는 스스로 여기에 왔습니다."

"스스로? 우연히 발견한 게 아니고요?"

"네. 저는 마스터에게 부탁이 있어서 여기에 왔습니다."

"부탁이라……. 무슨 말씀인지 잘 모르겠군요. 여기는 카페입니다. 일단 커피라도 마시고 진정하세요. 얘기는 그 후에 듣도록 하죠."

마스터는 그렇게 말하고는 커피를 내리기 시작했다. 지난번에 왔을 때처럼 이 장소의 기억을 지우기 위한 대처다.

"괜찮습니다. 기억을 잃고 싶지 않거든요."

"…어째서 이 장소에 대해 알고 있지?"

이 가게의 비밀을 알고 있다고 확신할 법한 말을 건네자, 마스터의 분위기가 단번에 날카로운 칼날처럼 위험하게 바뀌었다.

"지난번에 이 가게에 왔거든요."

"…그렇군요. 그렇다면 손님의 소원은 무엇인가요?"

그러나 날카로운 분위기는 순식간에 사라지고 바로 원래의 마스터로 돌아왔다.

"한 여자아이에 관한 이야기를 듣고 싶습니다."

"그분에 관해 알고 싶다. 그것이 손님의 소원인가요?"

"아니요. 저는 그 여자아이에 관한 이야기를 듣고 나서 소원을 말할 생각입니다."

솔직히 말하면 확신은 없었다. 하지만 마치 증거가 있다는 듯이 말했다. 실제로 미나세가 이 가게를 이용했다면 마스터가 얼버무릴 수 없게 하려는 작전이었다.

"그렇다면 먼저 그 여자아이의 이름을 알려주시겠어요?"

여전히 의심이 가득한 마스터는 경계를 늦추지 않고 나를 재촉했다.

"제가 알고 싶은 것은 미나세 유에라는 여자아이에 관한 이야기입니다."

"미나세 유에라……."

내가 할 수 있는 최대한의 기백을 보이며 말을 이었다.

"미나세 유에는 의사조차 원인을 알 수 없는 증상으로 고통받고 있어요. 겨우 학교에 왔는데, 드디어 과거를 떨쳐내고 웃을 수 있게 됐는데, 원인 불명의 증상으로 지금은 자유롭게 지낼 수 없어요. 의사조차 원인을 파악할 수 없는 증상을 일으킬 수 있는 곳은 이 카페뿐입니다."

"……."

"시야에서도 몸에서도 색을 잃고, 그래도 열심히 살아가던 미나세가 이번에는 몸의 자유를 빼앗길 상황이에요. 그 원인이 대체 뭔가요!"

내 입에서 자연스럽게 그런 말이 튀어나왔다. 내게 가장 소중한 사람의 자유를, 시간을 빼앗는 상황에 대한 분노를 억누를 방법이 없었다.

"원인, 이라. 그것은 바로 당신입니다."

"…네?"

뭐라고? 내가 원인이라고…?

"아마 이렇게 미나세 유에를 위해 헌신하는 사람이 나타났다는 사실이 원인이겠죠. 미나세 유에는 당신과 만나서 행복을 느꼈으니까요."

"그게 무슨 소리죠…?"

생각지 못한 대답에 나는 찬물을 뒤집어쓴 듯한 기분이었다. 짜증으로 가득했던 마음이 가라앉고 점차 냉정을 되찾았다.

"확실히 미나세 유에는 저를 찾아와서 소원을 빌었습니다. 당신 생각이 맞아요. 하지만 당신은 근본적인 부분을 놓치고 있습니다."

"놓쳤다고요…?"

"당신은 미나세 유에의 소원이 뭐였다고 생각합니까?"

"그건…….''

미나세는 그림을 그릴 수 없게 되길 바랐다고 말했다. 그렇다면 그게 소원이었겠지…….

"그림을 그릴 수 없게 되길 바란다고 말하지 않았나요?"

"역시 그렇게 생각하셨군요. 그래요. 미나세 유에를 고통스럽게 만든 근본은 그림이죠. 하지만 미나세 유에는 그렇게 작은 소원을 빌지 않았습니다."

마스터는 작은 소원이라고 말했다. 미나세의 전부를 빼앗고 나와 만나게 해준 소원. 그림을 사랑하고 증오한, 미나세의 인생 전부라고 할 수 있는 소원을 작다고 말했다.

"…그렇다면 미나세는 어떤 소원을 빌었나요?"

"미나세 유에는 단순하게 행복해지고 싶다는 소원을 빌었습니다. 그리고 이렇게 말했죠. 행복해지고 싶다. 행복해져서 그대로 사라지고 싶다고."

"……"

할 말을 잃었다. 그렇게 말했을 미나세의 모습을 너무나 쉽게 상상할 수 있었기 때문이다. 그럴 수밖에 없을 만큼 미나세의 절망은 깊었으리라.

"미나세 유에는 대가로 자신을 내놓았습니다. 그것은 소원을 이루고 남을 대가였죠. 세계적으로 봐도 놀라운, 희대의 재능을 지닌 아름다운 여자아이. 장래성을 생각해도 대체할 사람이 없을 만큼 큰 가치가 있었습니다."

역시 나는 아무 말도 할 수 없었다. 미나세를 물건처럼 말하는 무기질적인 마스터의 말투에 화가 치밀어 오르고 주체할 수 없는 분함이 끓어오르지만, 아무 말도 할 수가 없었다.

"그렇게 미나세 유에는 소원을 이루기 위한 계약을 마쳤습니다."

"…그래서……."

"네, 말씀하세요."

"그래서 미나세가 지금 같은 증상을 앓는 이유는 결국 뭐냐고……."

감정을 억누르느라 필사적이었다. 나는 대체 어떻게 해야 할까…….

"계약을 마친 후, 미나세 유에는 행복해질수록 존재가 사라진다는 대가를 치르게 됐습니다. 그리고 행복의 계기를 만들기 위해 미나세 유에를 구성하는 데에 있어 중요한 색을 빼앗았죠."

"그것 때문에 미나세의 부모님이!"

"계약 후의 개인적인 문제는 저희 관할 밖의 일입니다. 미나세 유에의 행동에 따라서는 부모님과 행복하게 살 수 있는 미래도 있었으니까요. 그것은 미나세 유에의 선택이었습니다. 저희는 소원을 이루기 위해 행복의 계기를 제시했을 뿐이죠."

"아무리 그래도 그건 너무 무책임하잖아……."

뒷수습은 전혀 하지 않는다. 자신의 선택으로 행복을 거머쥐라는 뜻이다. 그리고 그것이 미나세의 소원이었다고 말하고 있다.

"얘기를 계속하죠. 지금 미나세 유에가 앓고 있는 증상에 관해 알고 싶다고 하셨지요."

"그, 그래."

"말씀드린 대로 미나세 유에는 어느 날 자신이 바라던 행복을 찾았습니다."

"행복을 찾았다고?"

"네. 그것은 당신과의 만남이었습니다."

나…?

"당신과 함께하며 미나세 유에는 지금까지 몰랐던 만

족감을 느꼈습니다. 그리고 시간을 거듭할수록 더 큰 행복을 느꼈죠."

내가 행복을 느끼게 해서 미나세가 자유를 잃었다는 말인가.

"당신과 만난 것은 6월의 마지막 날. 그때부터 한 달이 지날 때마다 미나세 유에의 증상이 심해졌습니다. 아마 당신도 짚이는 점이 있을 테죠. 그것은 바로 색을 잃고도 색을 볼 수 있는 당신의 그림을 만났기 때문입니다."

"하지만……."

"맞습니다. 당신과 만나서 미나세 유에는 행복을 깨달았습니다. 당신과 함께하며 점점 더 행복해졌습니다. 하지만 동시에 당신과 함께하면 미나세 유에가 사라지는 미래와 가까워집니다. 당신과 만나고 딱 한 달이 됐을 때, 미나세 유에는 쓰러졌죠."

미나세는 내가 있으면 최악의 상황을 맞이할 일은 없다고 말했다. 하지만 사라져 버리는 미래는 최악이다. 나와 미나세가 함께하는 미래는 있을 수 없나…?

"…저와 만나지 않으면 미나세는 회복될까요?"

"아니요. 행복에 대한 대가니까요. 한 번 느낀 행복을 없던 일로 만들 수는 없습니다."

"그러면 미나세를 구할 방법은 없나요?"

"지금 상황에서 회복하는 방법은 미나세 유에가 자신의 의지로 이곳에 와서 회복하고 싶다고 바라는 것뿐입니다. 소원을 빈 당사자가 가장 큰 영향을 받아야 한다는 규칙이 있으니 만약 당신이 미나세 유에를 구하고 싶다는 소원을 빌어도 소용이 없죠."

"그래도…!"

"다만 미나세 유에가 그 소원을 이루기 위해 바친 대가는 지금까지 느낀 행복입니다. 미나세 유에는 당신과 지낸 행복한 나날을 대가로 내놓지는 않았죠……. 그러니 당신은 미나세 유에를 행복하게 해줘야 합니다. 미나세 유에도 그것을 바라고 있고요."

"지금 본인이 무슨 말을 하고 있는지 알고 있나요!"

그것은 미나세가 스스로 사라지길 바란다는 뜻이다. 그런 짓은 내가 허락할 수 없다.

"물론 알고 있죠. 제 업무에는 미나세 유에의 행복을 위한 지원도 포함되니까요. 당신과 미나세 유에가 미술실에 갇힌 사건도 제가 한 일입니다. 제가 줄곧 그렇게 소소한 도움을 줬어요. 하지만 착각하지 마세요. 미나세 유에가 당신과의 행복을 선택했기 때문에 저는 두 사람을 돕고 있을 뿐입니다. 행복해질 수 있는 다양한 길 가운데 미나세 유에는 당신과의 시간을 선택했어요."

마스터가 말하는 내용이 사실이라면 내게는 영광이다. 하지만 나와 미나세가 이렇게 서로를 이해할 수 있는 것은 우연이 아니라 계획된 필연이었다고 의심할 수밖에 없다. 어쩌면 미나세와 처음 만난 날에 내가 쓰려던 연필이 사라졌던 일이나, 미술 시간에 아오이—미즈키—가 쓰던 물감이 부족했던 것처럼 사소한 일들까지 내가 미나세의 이해자가 되기 위한 초석이었을 수도 있다. 그리고 그 모든 일을 눈앞의 남자가 계획했을 가능성이 있다. 그렇게 생각하니 왠지 쓸쓸해졌다.

"그러면 제가 미나세와 가까워지지 않으면 상황이 더 악화하지는 않겠네요?"

"일단 그렇죠. 하지만 그것은 미나세 유에가 바라는 바가 아닙니다."

그래도 사라지는 미래보다는 훨씬 낫다. 병원 생활이 계속돼도, 나와 만나지 못해도, 미나세가 계속 살아갈 수만 있다면…….

"…많은 얘기를 들려주셔서 감사합니다. 저는 이만 실례하겠습니다."

나는 이미 버거운 상태였다. 이 소원의 방에서 내가 할 수 있는 일이 없다는 사실을 깨달았으니 더 머물 이유가 없다.

"마지막으로 하나만 묻고 싶군요. 당신의 이름은 뭐죠?"

"저는 미야모토라고 합니다."

그렇게 말한 나는 현실을 외면하듯이 카페에서 도망쳤다.

"아아, 당신이 미야모토 씨였군요. 표정이 많이 바뀌었네요. 미나세 유에와의 만남은 당신에게도 큰 영향을 준 듯하군요……."

깔끔한 가게 안에 홀로 남은 마스터가 작게 중얼거렸다.

"저는 뒤에서 지켜보겠습니다, 미야모토 씨. 당신이 색을 발견하는 방법을. 당신이 선택하는 결말을. 미야모토 씨가 처음 여기에 찾아와서 소원을 말했을 때부터 이미 운명은 움직이기 시작했으니까요……."

남자의 목소리는 커피 향기와 함께 공중에 녹아들었다.

제5장

덧없는 존재감

그날부터 나는 미나세와의 거리감에 대해 고민했다. 여전히 병문안도 가고, 연락도 하고 있다. 하지만 나 때문에 사라진다면 거리를 둬야겠다는 생각이 들 수밖에 없었다.

그러나 미나세가 함께 있기를 바란다는 사실도 알고 있었기에 이러지도 저러지도 못하는 상황이었다.

"미야모토, 오늘 함께 와줘서 고마워. 모처럼이니까 즐겁게 놀다 가자."

그런 어정쩡한 마음으로 나는 미나세와 쇼핑몰에 왔다. 오늘은 외출 허가를 받은 미나세와 단둘이 불꽃놀이 축제를 대신해 도심으로 놀러 나왔다. 하지만 병원에서 다른 현으로 가면 안 된다고 신신당부했기 때문에 멀리 나갈 수는 없었다. 그래도 미나세는 만족스러운 모양이다.

일단 오늘은 나도 즐기자. 그런 생각으로 미나세가 가고 싶다고 했던 장소를 방문하기 위해 계획을 세웠다.

"그나저나 넓네."

"응. 생각했던 것보다 훨씬 사람이 많네⋯⋯. 진짜 붐빈다. 일요일이라서 더 그런가?"

"놓치지 않게 조심해."

"애 취급하지 마⋯⋯."

"하지만 미나세는 방향치잖아."

"알았어. 그러면, 여기."

미나세가 내게 왼손을 내밀었다.

"이렇게 사람이 많은 장소에서 상대방이 미아가 되지 않도록 손잡는 모습을 동경했거든. 그러니까 잡아줘."

알다시피 나는 엄청난 방향치잖아, 라고 말한 미나세가 웃으면서 손을 내밀었다.

"맞는 말이네. 그건 부정할 수가 없어."

나는 무의식적으로 미소를 지으며 작은 손을 부드럽게 쥐었다.

"⋯그렇게 망설임 없이 인정하니까 괜히 끄덕이기 싫

어지네. 하지만 내 꿈 중 하나가 이뤄졌으니까 봐줄게. 후후, 기뻐……. 방향치라는 핑계가 있어서 다행이다."

"그것도 핑계였구나. 사실은 그냥 손을 잡고 싶었어?"

"응, 맞아. 솔직하게 말하면 미야모토가 부끄러워할 것 같았거든. 일부러 사람이 많은 시간에 오길 잘했다."

그렇게 말하는 미나세의 웃는 얼굴은 무척 자연스럽고 사랑스러웠다. 드디어 자연스럽게 드러나기 시작한 이 미소를 잃고 싶지 않다고, 나는 진심으로 바랐다.

"잠깐만. 그렇게 뛰면 넘어져."

손을 잡아끌며 앞서가던 미나세는 내가 주의를 주자마자 발을 헛디뎠다.

"자, 좀 더 천천히 걷자. 요즘 계속 누워 지내서 다리가 둔해졌나 봐."

"미안. 너무 기뻐서 나도 모르게 서둘렀어. 그래도 손을 잡고 있어서 다행이다. 넘어지지 않게 잡아줘서 고마워……. 역시 남자아이네."

미안한 기색이 전혀 없는 미나세를 보며, 이 미소를 평생 볼 수 있으면 좋겠다고 생각했다. 요즘은 침대에 누워 있는 미나세에게 익숙해진 나였지만, 역시 또래 여자아이들처럼 미나세가 웃었으면 좋겠다. 그러길 바랐다. 진심으로 그러길 바랐다. 하지만 나는…….

그 후로도 나는 미나세가 이끄는 대로 쇼핑몰 외에 노래방, 오락실 등 다양한 장소에서 놀았다. 미나세는 고등학생이 갈 법한 장소에서 놀고 싶었나 보다. 지금까지 친구와 놀러 갈 일이 없었던 미나세의 바람은, 모두가 지극히 당연하게 여기는 것들이었다.

예전에 말했듯이 미나세는 친구를 만들고 놀러 가는 당연한 일을 누릴 수 있다는 사실을 부러워하고, 당연한 행복을 바랐다. 나도 그 마음을 뼈저리게 이해할 수 있었다.

당연한 것들을 잃어버린 우리의 바람은, 언제나 당연한 행복이었다.

그러나 나와 함께하는 것을 당연한 행복이라고 여기는 지금의 미나세와의 일상을 부정해야 하는 것 또한 사실이었다.

해가 지고 하늘이 어두워지기 시작했을 무렵, 우리는 오락실에서 조금 떨어진 장소에 있었다.

"아빠랑 엄마의 무덤이 여기에 있어. 사실 나, 오늘 여기에 처음 왔어. 지금까지 줄곧 이곳에 올 용기가 없었거든. 하지만 미야모토가 있으면 괜찮다는 생각이 들었어."

그곳은 묘비가 주르륵 늘어선 묘지였다.

"그런데 내가 같이 와도 돼?"

"미야모토가 같이 와줬으면 했어. 내 부모님을 만나줘."

비교적 새로운 묘비에는 미나세 가이토(水無瀨海人), 미나세 소라(水無瀨空)라는 이름이 단정한 글씨체로 새겨져 있었다. 바다(海), 하늘(空), 달(月). 아름다운 이름의 가족. 그것이 내 첫 번째 감상이었다.

곁에 있는 미나세는 양손을 마주하고 계속 눈을 감고 있다. 아마 하고 싶은 말이 많아서 그렇겠지. 나도 조용히 양손을 마주하고 눈을 감았다.

마음속으로 '유에와 만날 수 있어서 정말 다행이에요.'라는 한 마디만 되뇌었다. 미나세를 낳아주셔서 감사합니다. 이렇게 키워주셔서 감사합니다. 그런 말들은 왠지 아니라는 생각이 들었기 때문이다.

편한 옷차림에 공물도 가지고 오지 않았다. 미나세는 단지 부모님을 만나고 싶어서 이곳에 왔다. 그 마음만으로도 충분하다. 이상하게 예의를 차리지 않고 아이가 부모에게 응석을 부리듯이 하고 싶은 말이 있어서 찾았을 뿐이다. 하고 싶은 말이 더 생기면, 그때 또 오면 그만이다. 그런 가족의 본래 모습을 본 듯한 기분이었다.

나도 조만간 아오이와 함께 어머니의 무덤을 찾아가
자. 그런 생각을 했다.

"이제 됐어?"

나는 눈을 뜬 미나세를 보고 물었다.

"응. 하고 싶은 말은 다 했어."

"그렇구나. 다행이다."

"같이 와줘서 고마워……. 미야모토가 없었으면 계속 못
왔을 거야."

"나야말로 고마워. 이렇게 소중한 곳에 함께 올 수 있
게 해줘서."

미나세의 맑은 표정은 처음 만났을 무렵에 느꼈던 묘한
독이 빠진 느낌이었다. 미나세가 계속 품고 있던, 부모님
을 향한 자신의 감정에 대한 답을 찾았기 때문이 아닐까.

"다음 장소가 마지막이야. 소등 시간 전에 병원에 돌아
가야 하니 서두르자."

나와 미나세는 가까운 가게에서 이른 저녁을 먹고 마
지막 목적지로 향했다.

전철을 타고 우리는 학교 근처로 돌아왔다. 학교를 지
나친 곳에 있는 언덕. 그곳이 마지막 목적지였다.

"이런 장소가 있었구나……."

그것은 우리가 처음 만난 동네 전체를 내려다볼 수 있는 언덕이었다.

어둠의 장막이 내리기 시작한 거리의 주택에 켜진 불빛을 통해 사람들의 생활이 느껴졌다.

"고민이 있을 때 나는 항상 여기에 와. 여기서 보는 야경을 무척 좋아하거든. 내가 사는 동네를 보면 혼자가 아니라는 생각이 들고, 나는 분명히 여기에 존재한다는 생각도 들어. 그리고 계속 이 풍경을 누군가와 함께 보고 싶다고 생각했어."

큰 건물도 없고 큰 밭도 없다. 도심에서 조금 떨어진 어정쩡한 동네. 하지만 그렇기에 이곳에는 따뜻한 빛이 가득했다. 너무 인공적이지도 않고 자연적이지도 않은, 동네에서만 볼 수 있는 수많은 가정의 빛. 그 풍경은 내 감정을 흔들기에 충분한 빛을 발하고 있었다. 그래서 나는 생각했다.

"이 풍경을 그림으로 그리고 싶지 않아?"

"지금 그런 생각을 했어. 그림으로 그릴 거야. 그리지 않을 수가 없어."

내 대답을 들은 미나세가 만족스러운 표정으로 끄덕였

다. 지금 미나세의 눈에는 이 동네의 빛이 어떻게 보일까. 나는 그저 내 그림을 통해 미나세가 좋아한다는 빛을, 색을 다시 보기를 바랐다.

"미나세도 그럴까. 요즘 통 안 그렸잖아."

"응, 그려줘……. 오래간만에 그림 모임이 열리네."

나는 벤치에 앉아서 가방에서 스케치북과 연필을 꺼냈다. 미나세는 언덕에서 동네를 내려다보며 서 있었다. 그리고 나와 미나세는 오늘 하루의 추억, 병원 이야기, 학교 이야기에 관한 이야기를 나눴다. 대화는 병원에 돌아갈 시간까지 이어졌고, 그 무렵에 드디어 그림이 완성됐다.

"다 그렸어."

그림에는 평범한 동네를 배경으로, 한 명의 소녀가 그려져 있었다.

"다시 이 풍경을, 이 풍경의 따뜻한 색을 다시 한번 볼 수 있을 줄은 몰랐어……."

"그렇게 말해주니까 기쁘네."

천재 화가로 알려진 사람의 칭찬이다.

"그 그림, 미나세에게 선물할게."

"정말?"

"응. 이 풍경을 미나세에게 다시 보여 주고 싶어서 그렸으니까."

"고마워, 미야모토……."

슬슬 병원에 돌아갈 시간이다. 하지만 나는 아직 미나세에게 해야 할 말이 있다.

"미나세."

"응? 왜 그래?"

"저기……."

"응…?"

좀처럼 말이 나오지 않았다. 오늘까지 계속 생각하며 각오를 다졌는데.

그래도 말해야 한다.

"나는……."

"응."

"나는 이제 미나세를 만날 수 없어. 우리의 만남은 오늘이 마지막이야."

그것이 내 선택이었다. 무슨 일이 있어도 미나세를 잃고 싶지 않았다. 설령 만날 수 없어도, 지금도 미나세가 열심히 살고 있다고 생각할 수만 있다면 그걸로 충분했다.

"…알았어."

"미안해."

"그렇게 어두운 표정 짓지 마. 마음이 내키면 또 병원에 와줘. 나는 항상 기다릴게."

"……."

이제 평생 만날 수 없다. 하지만 그렇게 말할 수는 없었다. 울음을 참으며 억지로 웃는 미니세를 보니 아무 말도 나오지 않았다.

"내 병은 불치병이지? 그래서 언젠가 떠날 사람 곁에 있기가 괴로워서 떠나는 거지?"

"그게 아니야…!"

아니, 어쩌면 비슷할 수도 있다. 내가 곁에 있으면 미나세는 사라진다. 하지만 사라지지 않기를 바라는 마음 안에는 사라지는 미나세를 보고 싶지 않다는 마음도 분명히 있었다.

"지금까지 곁에 있어줘서 정말 고마워."

"……."

"미야모토. 마지막으로 내 이름을 불러주지 않을래?"

"…미나세."

"성 말고 이름으로 불러줘. 사실 미즈키가 이름으로 불릴 때마다 부러웠거든. 그러니까 마지막으로 불러주지 않을래?"

"…유에."

"응."

"…유에."

"후후, 왠지 부끄럽네. 그래도 좋다…….."

미나세는 열심히 어색한 웃음을 지으며 말했다.

"나, 지금 무척 행복해."

그 후, 우리는 말없이 병원으로 돌아갔다. 병원에 돌아가는 미나세의 등은 평소보다 훨씬 작아 보였다.

다음 날도, 그다음 날도 나는 미나세의 병문안을 가지 않았다. 미나세와 만나지 않으면 증상이 더 나빠지지 않을 거라고 생각했기 때문이다.

그러나 내 생각은 틀렸다. 지금까지 행복이 쌓였기 때문에 이런 일이 생겼을 수도 있다.

9월 30일. 미나세는 목소리를 잃었다.

10월이 되어도 나는 미나세를 만나지 않았다.

여태껏 미나세의 병문안을 갈 수 있어서, 미나세를 만날 수 있어서 학교에 나왔다. 그러니 미나세를 만날 수 없는 지금, 내게 학교는 지루한 장소에 불과했다. 아오이는 그런 나를 신경 썼지만, 지금은 가만히 뒀으면 한다는 내 말에 더 이상 참견하지 않았다.

다시 혼자가 된 나는 마음을 비우기 위해 계속 그림을 그렸다.

무언가 하지 않으면 미나세만 떠올랐다. 진지하게 수업을 들으려고 해도 전혀 집중할 수 없었다. 수업 중에 머릿속을 뱅뱅 도는 부정적인 생각을 끊어내려고 나는 그림을 그렸다. 하지만 내내 그리는 그림도 옆자리에 앉는 미나세였으니 결국 그 생각에서 빠져나왔다고 할 수도 없었다.

"…하아."

큰 한숨이 나왔다. 휴대폰을 쥐면 미나세에게 메시지를 작성하다가, 보내기 직전에 손을 멈춘다. 그런 일을 몇 번이고 반복하다가 결국 뭘 하든 미나세만 생각하게 된다는 사실을 깨닫고 한심해져서 한숨이 나왔다.

"뭐야 이게……."

내 생각도 감정도 알 수가 없었다. 어떻게 해야 하는지도 모르겠다.

만나고 싶다. 하지만 만날 수 없다. 소중해서 만나지 않기로 결심했지만, 그것이 정말로 미나세를 위한 선택이라고 할 수 있을까. 나는 정답을 알 수 없는 자문자답을 계속해서 반복했다. 그러고 있는 동안에도 시간은 흘러 미나세에 대한 정답을 찾지 못하고 내 결심에 대한 의문만 남긴 채 한 달이 지났다.

다행히 월말인 10월 31일에 미나세의 상태가 나빠졌다는 소식은 들려오지 않았다. 그날 아오이에게서 온 연락은 병원에서 핼러윈 파티를 했다는 메시지가 전부였다. 예상대로 나와 거리를 두니 미나세의 증상이 악화하지 않는 듯했다.

내 선택은 틀리지, 않았겠지…?

11월. 목도리를 하고 학교에 가는 계절이 왔다.

지금도 정기적으로 병문안을 가는 아오이로부터 미나세가 목소리를 잃었다는 소식을 들었지만, 그래도 나는 단 한 번도 병문안을 가지 않았다. 솔직히 미나세와 못 만난다는 사실이 이렇게까지 날 괴롭힐 줄은 몰랐다.

'눈에서 멀어지면 마음이 가까워진다.'라는 외국 속담이 있다. 지금 내가 딱 그 상황이었다. 만날 수 없게 되자 미나세가 내게 얼마나 크고 소중한 존재였는지 실감했다.

아오이가 내 감정은 호감이라고 지적했을 때 두근거렸

던 심장에, 지금은 어두운 구름이 드리워져 있다. 이런 게 좋아한다는 감정이라면, 사랑은 고통일 뿐이다.

"오빠."

귓가에 속삭이는 목소리가 들렸다.

"왜?"

내게 말을 거는 사람은 이제 아오이뿐이다. 미즈키가 자신의 정체를 밝힌 다음 날부터 아오이는 머리를 묶지 않는다. '미즈키'를 연기할 필요가 없어졌기 때문이다.

"유에 병문안 갈 건데 오빠도 같이 가자."

"나는 됐어."

"따라오기만 하면 돼."

"사실 나, 예전에 미나세를 병원 밖에 데리고 나가서 면회를 금지당했어."

"병원에서 면회를 금지했다고?"

"응."

"그건 내가 어떻게든 해결할 테니까 일단 가자."

"말도 안 되는 소리 하지 마. 나는 안 갈 거야."

"정말 고집이 세네. 그러면 오늘 집에 자러 갈 테니까 무슨 일이 있었는지 말해줘."

"잠깐만, 멋대로 정하지 마."

"내가 놀러 간다고 말했잖아. 오늘 갈 테니까 기다려."

"하아……."

나는 아오이에게 뭐라고 말해야 할까. 아오이도 미나세에 대해 많은 의문을 느끼고 있을 것이다. 하지만 쉽게 말할 수 있는 내용이 아니다. 대체 어떻게 해야 할까.

학교에서 귀가한 후, 5년 만에 이 집에 돌아오는 아오이를 위해 나는 저녁 식사를 준비하고 있었다.

메뉴는 초등학교 때 아오이가 좋아했던 요리로 정했다. 오야코돈*과 돈지루**, 오이 절임 등이다. 아오이는 기본적으로 일식을 좋아했다. 이제 오야코돈만 만들면 끝나는 시점에 인터폰이 울렸다.

현관까지 가서 문을 열자마자 아오이가 멋대로 집 안으로 들어왔다.

"5년 만이네. 다녀왔습니다!"

아오이는 교복을 입은 채로 큰 짐을 들고 거실로 달려갔다.

* 닭고기와 달걀로 만든 덮밥이다.
** 돼지고기와 채소를 넣어 끓이고 미소로 맛을 낸 국물 요리다.

"오오, 맛있는 냄새! 혹시 돈지루야?"

"응. 지금부터 오야코돈도 만들 거야. 너 이거 좋아하잖아?"

"응! 진짜 좋아해!"

"그러면 조금만 기다려. 집을 둘러보는 건 괜찮지만 어지르면 안 된다."

"나도 알아!"

그렇게 대답하는 사람 중에 정말로 아는 사람을 본 적이 없다. 나중에 정리를 해야겠다고 생각하니 한숨이 나왔다. 몇 분 후, 요리가 완성되고 나는 아오이와 식탁에 앉았다.

"오래간만에 식탁에 마주 앉네."

"그러게. 그리운 느낌이다."

초등학생 시절에도 어머니가 돌아가시고 아버지가 바쁠 때면 내가 자주 식사를 준비했다. 아오이도 그때의 기억을 떠올렸을 것이다.

"그런데 식탁이 작아진 느낌이야."

"성장했다는 증거네."

성장기가 시작되기 전에 헤어진 나와 아오이가 다 자란 후에 식탁에 마주 앉아 있다는 사실이 새삼스럽게 느껴졌다. 이러고 있자니 눈앞의 아오이와 다시 만난 일이 새삼스레 실감 났다. 여동생이 이렇게 건강하게 성장해서 기쁘다. 그나저나 예전에는 겁이 많고 소심했던 아오이가 지금은 반에서 인기인인 반장이다.

"그 아오이가······."

"웅? 왜 그래, 오빠?"

"아니, 아무것도 아니야. 정말 잘 컸다는 생각이 들어서. 일단 어서 먹자. 잘 먹겠습니다."

나를 따라서 아오이도 양쪽 손바닥을 맞대고 예의 바르게 인사를 했다. 아오이는 "오빠, 요리 실력이 좋아졌네."라든가 "이 정도라면 할머니랑 실력이 비슷한데."라며 아낌없이 칭찬을 늘어놓았다. 언젠가 아오이가 돌아올 때를 위해 정기적으로 같은 메뉴를 연습했다는 사실은 말하지 않기로 했다.

"잘 먹었습니다."

"별말씀을요."

"와, 자취하면서 요리 실력이 진짜 좋아졌구나. 유에가 좋아할 만하네."

여기서 등장한 미나세의 이름에서 아오이는 예전에 내가 미나세에게 요리를 대접했다는 이야기를 기억하고 있다는 사실을 알 수 있다. 그렇게 말한 아오이가 컵에 든 차를 단번에 마시고는 바로 다른 화제를 바꿨다.

"그래서? 유에랑 무슨 일이 있었어?"

"무슨 소리야?"

"모른 척하지 마. 오늘은 오빠한테 얘기를 들으려고 왔으니까."

"…딱히 아무 일도 없었어."

"그럴 리가 없잖아. 내가 오빠를 몇 년 동안 봤는데. 나는 오빠보다 오빠를 잘 안다고."

이쯤이면 포기할 수밖에 없다. 미나세에 대한 감정의 정답을 찾고부터 어찌할 바를 모르는 상태였기 때문이다. 나는 과거사를 뺀 미나세의 사정을 적당히 설명했다. 신빙성도 현실성도 떨어지는 이야기였지만, 아오이는 줄곧 진지하게 들어줬다.

"그렇구나. 유에가 한 말도 어느 정도 정답이었네."

"미나세가 뭐라고 했는데?"

"유에가 자기 병은 이제 고칠 수 없다고 했거든."

그것은 미나세가 언덕에서 했던 이야기였다. 불치병이라고 하면 틀린 말은 아니다. 적어도 병이 아닌 저주에 가까워서 의료 기술로는 치료할 수 없다.

"그 병의 원인이 저주 비슷한 무언가라서 행복해질수록 상태가 악화한다는 말이지?"

"응."

"그렇구나."

"이런 얘기를 믿어?"

"오빠가 아니었다면 안 믿겠지만 오빠는 거짓말을 안 하잖아. 그러니까 믿어."

아오이는 나를 믿는다. 갑작스러운 이야기인데도 말이다. 덕분에 오랜 고독으로 굳었던 내 마음이 녹아내렸다.

"그래서 오빠는 어쩌려고?"

"응?"

"오빠는 어떻게 하고 싶은지 물었어."

"나는… 미나세가 사라지지 않았으면 좋겠어."

"하지만 그건 유에의 행복을 빼앗는 일인데?"

"…그래도 나는."

미나세는 행복해지면 사라진다. 하지만 이대로라면 목소리를 잃은 채 계속 병원에서 생활해야 한다. 게다가 미나세는 행복을 바랐다. 내가 아니어도 나중에 미나세를 행복하게 해줄 수 있는 사람이 나타날 수도 있다. 그러면 결국 미나세는 사라진다. 나는 어떻게 해야 할까…….

"참고로 내가 유에라면 행복하지 않은 긴 삶보다 최고로 행복한 짧은 생을 선택할 거야. 행복하지 않은 인생이라면 살아 있어도 즐겁지 않잖아. 만약 앞으로 내가 행복해질 수 없다면, 나는 차라리 다시 만난 오빠와 함께할 수 있는 시간 속에서 죽기를 바랄 거야. 또 헤어질 운명이고 그 운명에 굴복해야만 한다면, 나는 지금 여기서 죽는 게 낫다고 생각해. 사랑이라는 감정을 아직 모르는 내게는 머물 곳을 내어준 가족이 가장 소중하니까."

"그렇구나……."

아오이는 본질이 올바른 사람이기에 이렇게 말할 수 있는 것이다. 그런 사람이 아니라면 오빠를 찾아 몇 년이나 쫓아다니다 같은 학교에 입학하지는 않았겠지. 계속 고민 중인 나로서는 아오이가 조금 부럽기도 했다.

"다시 물어볼게. 오빠는 어떻게 하고 싶어?"

"나는 미나세를 소중히 여기고 싶어."

나는 또 나로 인해 소중한 사람이 사라지는 일을 무엇보다 두려워하고 있다. 그래서 미나세와 멀어졌다. 하지만 이건 나만의 제멋대로인 생각이다. 내가 정말로 해야 할 일은 미나세의 바람을 이뤄주는 것이 아닐까?

"하지만 나는 잘 모르겠어. 미나세의 바람을 이뤄주는

것이 옳은지, 미나세가 오래 살기를 바라는 것이 옳은지."

"오빠는 겁내고 있구나. 또 잃을까봐."

"그래. 남겨지는 사람도 힘들거든……."

"응, 알아. 나도 그랬으니까. 무언가를 선택하면 무언가를 버려야 하잖아. 하지만 이번에는 답이 나와 있어."

내가 최근 한 달 내내 고민하고 여전히 답을 찾지 못해 머리를 싸매고 있는 문제에 대해 아오이는 "답은 나와 있어."라고 즉답했다. 그게 대체 무슨 뜻이지…?

"왜냐하면 오빠랑 유에, 둘 다 억지로 참으면서 슬퍼하는 표정을 짓고 있거든."

아오이는 어릴 때와는 전혀 다른 표정으로 확실한 설득력과 힘을 갖고 답을 내놓았다.

"예전에는 나도 아빠도 이 집에서 도망쳤어. 더는 괴롭기 싫다는 마음에서 비롯된 자기방어였지만, 결국 도망쳐도 너무너무 괴로웠어. 내가 그렇게 도망치고 계속 후회했으니까 알아. 지금 오빠가 아무것도 하지 않는다면 후회하게 될 거야. 그건 자신을 지키기 위한 위선이니까. 오빠는 본인이 받는 상처가 두려워서 유에와 거리를 두는 이유를 정당화하고 있을 뿐이야."

"……."

아무 말도 할 수 없었다. 아오이의 말이 맞다. 미나세를 위한다고 말하며 내가 상처받지 않는 길로 도망치는 것. 그런 사고방식에 짚이는 구석이 있었다.

"어렵게 생각할 필요 없어, 오빠."

"……."

"단순하게 생각해. 오빠는 어떻게 하고 싶어?"

"…나는……."

그 너머의 답 앞에서 잠시 망설이며 숨을 삼켰다. 내 솔직한 바람을 말하기에는 용기가 조금 필요했다.

"과감하게 네잎클로버를 찾자."

그때 문득 이 상황에 어울리지 않는 말이 떠올랐다. 예전에 무카이 선생님이 내게 알려준 자작 좌우명이다. 쓸데없는 배려 대신 마음 가는 대로 행동하면 의외로 좋은 결과가 나온다는 뜻이라고 했나.

왠지 지금은 그 말의 의미를 알 것 같았다. 내 마음이 가는 대로 하는 편이 결국 후회가 없다는 뜻이다. 그 말은 지금의 내게 건네는 무카이 선생님의 격려처럼 느껴졌다.

나는 줄곧 네잎클로버를 찾고 있었다. 일상에 숨은 행복을 찾고 있었다.

"나는 미나세 곁에 있고 싶어."

누군가 나의 등을 민 것처럼 계속 말을 이어갔다.

"더 오래 곁에 있으면서 다양한 세상을 보여주고 싶어. 이 세상이 이렇게나 아름답다는 사실을 알려주고 싶어."

나는 미나세가 사라지지 않기를 바란다. 하지만 계속 만나고 싶다. 그렇다면 미나세를 만나면서, 미나세가 사라지지 않는 방법을 찾으면 된다.

"좋아. 말 잘했어!"

"…고마워, 아오이."

"아니야. 오야코돈 세 그릇으로 봐줄게."

"그래, 알았어. 다음에 또 만들어 줄게."

"신난다!"

내가 하고 싶은 일, 해야 할 일이 무엇인지 깨달았다. 이제 행동하면 된다. 먼저 미나세를 만나러 가서 사과하자. 나는 그렇게 결심했다.

"괜찮아, 오빠. 행복해지면 사라진다는 이상한 이야기는 동화책보다 로맨틱한 오빠의 사랑으로 날려버리면 돼!"

"또 말도 안 되는 소리를 하네."

"헤헤헤."

하지만 농담이 섞였음에도 자신감이 넘치는 아오이의 말은, 지금의 내게 무엇보다 든든한 격려였다.

나는 약 두 달 만에 병실 문을 열었다.

"실례합니다……."

미나세는 여전히 침대 위였지만, 예전에 왔을 때처럼 누워 있는 대신 벽에 등을 기대고 있었다. 그 손에는 스케치북이 들려 있었고 내가 병실에 들어오자, 미나세는 눈을 동그랗게 뜨며 글씨를 써서 보여줬다.

"안녕, 미야모토."

내가 오지 않은 사이에도 현실은 미나세를 지우려고 했다는 사실을 통감했다.

"안녕, 미나세."

"지난번처럼 유에라고 불러줘."

나는 미나세가, 아니, 유에가 바라는 대로 성이 아닌 이름으로 부르기로 했다.

"늦어져서 미안해, 유에."

"그러니까. 계속 기다렸어."

두 달 만에 보는 유에의 미소였다. 이 미소가 이렇게나 사랑스럽다는 사실을 나는 몰랐다. 나는 그런 유에의 미소를 무척 좋아한다는 사실을 깨달았다. 유에가 끝까지 이 미소를 잃지 않도록 하겠다고, 다짐했다.

그리고 11월 30일, 유에는 몸의 감각 대부분을 잃었다.

쨍그랑.

병실 바닥에 깨진 컵 파편이 흩어졌다. 유에는 내가 건넨 컵을 제대로 쥐지 못한 채 떨어트렸다.

"괜찮아. 빗자루랑 쓰레받기를 가져올 테니까 잠시만 기다려."

목소리를 잃은 유에는 말 대신 눈썹을 축 내리며 곤란한 표정으로 웃었다. 손이 심하게 떨리고 있다. 나는 이런 미소를 바라지 않았다. 예전처럼 자연스럽게 웃는 얼굴이 보고 싶다.

병실에서 나온 나는 전부 포기한 얼굴로 웃는 유에를 보며 분한 마음을 억누를 수 없었다. 너무 분한 나머지 입술을 세게 물었다.

아프다.

내 감각이 통각으로 경종을 울렸다. 그러나 나는 계속 힘을 줬다. 만약 유에가 나와 같은 행동을 해도 아픔을 느끼지 못할 테니까. 설령 아픔이라도 좋으니 유에가 사람으로 존재한다는 증거를 느끼고 싶었다.

나는 유에의 곁에 있으면서도 유에의 마음을 전혀 모른다. 어떤 고통을 느끼는지, 지금 무엇을 바라며 숨을 쉬고 있는지, 그 무엇도 알지 못했다. 그 사실이 분했다.

색을 잃고, 목소리를 잃고, 감각마저 잃었다. 그런 유에
는 너무나 덧없었다. 존재 자체가 덧없었다.

"오빠! 입에서 피가 나잖아! 왜 그래."

"아, 괜찮아. 살짝 베였어."

"알겠어……. 그런데 안색이 안 좋은데? 유에는 내가
볼 테니까 오빠는 집에 가서 일단 좀 쉬어."

나는 12월이 되고부터 학교에도 가지 않고 유에의 곁
에 머물렀다. 병원에서는 이제 해줄 수 있는 것이 없으니
가능한 한 오래 곁에 있어주라고 말했다. 모두가 유에에게
는 이제 남겨진 시간이 얼마 없다는 사실을 알고 있다. 아
마 올해 마지막, 12월 31일이 지날 무렵이면 유에는…….

"아니야. 내일은 크리스마스이브라 같이 축하하고 싶
거든. 크리스마스 이후에 쉴 생각이야."

나는 병원에서 숙식을 해결하고 있다. 유에에게 무슨
일이 생긴 후에는 이미 때가 늦으니 최대한 같이 지내려
고 노력했다. 만나지 못한 두 달을 메우려는 듯이 계속 붙
어 지냈다. 그러다 보니 12월이 시작되고 3주 동안 제대
로 잠을 자지 못했다.

"…그러면 크리스마스가 지나고 집에 가서 제대로 쉬

도록 해. 유에도 걱정하는 기색이니까. 그동안 내가 계속 여기 있을 테니까 걱정하지 마."

"알았어. 항상 미안해, 아오이."

"미안해, 가 아니라 고맙다고 해."

"응. 항상 고마워."

"좋아. 그리고 입술의 베인 상처 좀 소독하고 와. 뭔가 가지러 나왔잖아? 내가 갈 테니까, 오빠는 소독부터 해."

어느새 아오이는 나보다 훨씬 든든한 동생이 됐다. 아오이가 없었다면 나도 이렇게까지 힘을 낼 수는 없었을 것이다.

"그러면 부탁 좀 할게. 컵을 깼거든. 정리를 부탁해도 될까?"

"응. 나한테 맡겨."

이렇게 말하는 아오이의 얼굴에서도 숨길 수 없는 피로가 엿보인다는 사실을 나는 알고 있다. 항상 고마워. 마음속으로 고맙다는 말을 다시금 건넸다.

12월 25일. 크리스마스가 왔다.

어제 크리스마스이브에는 나와 유에, 그리고 아오이와 같이 병실에서 작은 파티를 열었지만, 오늘은 반 친구들과 약속이 있다며 아오이는 자리를 비웠다. 그래서 지금은 나와 유에 단 둘뿐이다.

"오늘은 뭘 할까? 크리스마스 파티는 어제 했지만, 오늘도 둘이 할까?"

"오늘은 느긋하게 지내고 싶어."

유에는 손에 쥔 연필을 몇 번이나 떨어트리며 천천히 스케치북에 글씨를 썼다. 그 어설픈 글자를 볼 때마다 매번 가슴이 아프다.

"알았어. 그렇게 하자."

나는 유에의 손을 잡았다. 작은 손에서 확실한 열기가 느껴졌다.

"나, 유카타를 입어보고 싶어……."

"유카타?"

그렇게 되묻자 유에는 병실 구석에 놓인 종이 가방을 느릿한 동작으로 가리켰다. 그것은 내가 예전에 불꽃놀이 축제가 있던 날, 유에가 입었으면 해서 아오이에게 빌린 유카타였다.

"밖에서 그걸 입은 나를 그려줘."

"…알았어. 병원에 부탁해서 외출 허가를 받아올게."

외출 허가는 쉽게 나왔다.

"어머, 유에는 유카타도 잘 어울리네. 너무 예쁘다."

유카타를 입혀준 간호사 다카오카 씨가 유에를 칭찬했다. 염색한 머리는 흰색으로 돌아왔다. 그런 은백색 머리카락과 흰색 바탕에 짙은 남색 꽃무늬 유카타, 그리고 남색 오비*를 두른 모습은 눈이 쌓인 풍경 위로 펼쳐진 맑은 밤하늘과 그 풍경을 비추는 보름달을 닮아서 나는 멍하니 넋을 놓을 수밖에 없었다.

"모토미야, 어때?"

"무척 예뻐."

솔직하게 감상을 말하자 유에는 살짝 얼굴을 붉히면서도 만족스럽게 미소 지었다.

"어머나, 아줌마가 방해했네."

"다카오카 씨, 도와주셔서 감사합니다."

농담을 건네며 병실을 나서는 다카오카 씨에게 감사 인사를 하고 우리도 이동했다. 휠체어에 유카타를 입은 유에가 앉아 있는 모습이 신기한 모양인지, 복도에서 지나치는 환자와 간호사들의 이목이 나와 유에에게 집중됐다.

---

* 유카타에 두르는 허리띠다.

그런 사람들의 시선을 피하듯이 엘리베이터를 타고 위층으로 향하는 버튼을 눌렀다. 도착한 층에서 내리니 그곳에는 포슬포슬한 가랑눈이 내리고 있었다.

"눈이네……."

우리가 외출 허가를 받은 장소는 이 병원의 옥상이었다. 평소에는 개방하지 않는 만큼 지금은 우리 둘이서 전세를 낸 거나 마찬가지였다.

"유에, 춥지 않아?"

"응, 괜찮아."

감각을 거의 잃어버렸기 때문에 기온의 변화도 느끼지 못하는 유에는, 유카타 차림이어도 추위를 느끼지 못했다. 하지만 감기에 걸릴 수는 있다. 나는 곧장 눈에 젖지 않은 장소로 이동해서 스케치북을 펼쳤다.

"유에도 젖지 않게 이쪽으로 와."

그렇게 말했지만, 유에는 고개를 저었다. 눈과 함께 그려달라는 뜻이다. 나는 더 말하지 않고 스케치북에 대고 연필을 움직이기 시작했다. 휠체어에 앉아 있는 유에도 글씨를 쓰기 위해 스케치북을 가지고 왔다. 그림 모임 중에 나와 대화할 생각인 듯했다.

"모토미야는 살아 있다는 것이 뭐라고 생각해?"

유에가 쓴 첫 문장에 쉽게 대답할 수 없었다.

"살아 있다는 것… 이라."

"나는 누군가가 존재를 인식한다는 것이 살아 있다는 증거라고 생각해."

유에는 열심히 연필을 움직였다. 내게는 유에의 말을 기다리는 시간이 유에의 말을 음미하는 시간이기 때문에, 그 말의 의미를 깊이 생각하게 된다.

"다른 사람이 나라는 존재를 의식할 때 비로소 나는 이곳에 살아 있다고 말할 수 있지 않을까. 모토미야가 나를 소중하게 여기듯이, 누군가에게 존재를 인정받고 마음이 통한다고 느낄 수 있을 때 살아 있다는 사실을 실감하니까."

"살아 있다는 사실을 실감한다……."

오랜 시간에 걸쳐 유에는 글자를 하나하나 이어서 내게 보여줬다. 이것이 바로 자신의 말이라는 듯이. 미나세 유에라는 인간의 존재를 인식시키듯이.

"과거의 나는 살아 있는 게 아니었어. 내 주변에 있는 사람은 업무 대상으로만 나를 인식하는 부모님뿐이었으니까. 그래서 내가 화가일 때만 나를 인정했지……."

"……."

"나를 살게 한 사람은 모토미야야. 내가 모토미야의 그림을 처음 봤을 때, 모토미야가 나라는 존재를 처음으로 하나의 개인으로 인식했을 때부터 인간으로서, 여자로서의 내 시간이 움직이기 시작했어."

그러나 '하지만'이라고 작게 적힌 글자를 나는 놓치지 않았다. 유에는 다음에 할 말을 찾고 있었고, 나는 재촉하지 않고 그 말을 기다렸다.

"아니야. 그래서 나는 사라지는 것이 두려워……."

"사라진다니……."

그 카페의 기억은 사라졌을 텐데, 어째서?

"나는 존재를 잃어가는 대신에 잊어버린 기억을 떠올릴 수 있게 됐어. 나, 행복해질수록 사라지는 거지?"

"그건……."

"속상해하지 마. 나는 모토미야를 만나서 정말 다행이라고 생각하고, 행복을 느끼는 지금이 너무 좋으니까."

"……."

"하지만 그래도 역시 사라지는 게 두려워. 죽음보다 더 두려워. 누구도 나를 인식하지 못하고, 내가 있었다는 흔적조차 사라지고, 처음부터 없었던 일이 될 것만 같아서. 그렇게 될 것만 같아서 너무 두려워……."

존재가 사라진다는 것에 대해 깊이 생각해 보지 않았다. 무의식적으로 그건 죽음과 같은 의미라고 생각했다. 그러나 유에는 말 그대로 '사라진다'고 인식했고, 지금의 나는 유에의 감정을 차마 다 헤아릴 수조차 없었다.

그래서 유에는 이렇게 말했으리라.

"언젠가 나라는 존재가 사라진다면 차라리 죽는 게 나을지도 모른다고 생각하게 돼."

"스스로 죽음을 선택하다니. 그건 안 돼……."

"그건 나도 알아. 하지만 사라져서 존재가 지워질 바에는 차라리 누군가가 나를 인식하고 있는 동안 죽어서, 그 후에도 그 사람의 마음에 남아 있는 편이 낫겠다는 생각이 들어."

그렇게 말하는 유에는 울고 있었다. 눈물을 잃었음에도 확실히 울고 있었다. 누구도 이해하지 못하는 고독 속에서. 죽음을 선택하는 편이 낫다고 진심으로 생각하며.

그렇구나. 이제 너는 눈물도 흘릴 수 없구나.

눈물처럼 보이는 그것은 흩날리는 눈의 흔적이었다. 눈에서 흐르지는 않지만, 내 눈에는 그것이 눈물로 보였다.

"자살로 사람의 마음에 남는 것은 슬픔뿐이야……."

"그러면 사라져서 누구도 인식하지 못하고, 없는 존재

가 돼도 괜찮다고 생각해?"

"그럴 리가 없잖아! 나는 절대로 유에를 잊지 않아. 절대로 잊지 않을 거야."

"그러면 모토미야가 나를 죽여줄래…?"

그렇게 적힌 종이를 보고 나는 입을 꾹 다물었다.

"농담이야. 미안해……."

"……."

정말로 농담이었을까. 결코 농담이라고 생각할 수 없는 표정을 보며 나는 아무 말도 할 수 없었다.

"사라지는 건 두렵지만, 괜찮아. 모토미야가 곁에 있을 테니까. 만약 사라져도 기억해 줄 거라고 믿어."

유에의 표정이, 그 모든 것이 내 마음을 헤집었다. 유에가 죽을 바에는 내가 죽고 싶다. 그런 생각까지 했다. 네가 없는 세상 따위 상상조차 할 수 없으니까. 그런 세상이 앞으로 계속돼도 그 속에서 내가 살아가는 것은 너무 가혹하니까. 같이 죽자. 그렇게 말하고 싶었다.

"미안해, 유에. 오늘은 못 그리겠다."

내 손은 완전히 멈춰 있었다. 모처럼 유카타를 입은 유에를 그림으로 남길 수 있다고 생각했는데. 막상 그려진 그림은, 색을 잃고 휠체어에 앉아 힘없이 웃는 유에였다.

나는 더 이상 손을 움직이기를 포기했다. 그런 내가 신경이 쓰였는지 유에가 남은 힘을 쥐어짜서 내게 다가왔다. 그리고 다시 스케치북을 보여줬다.

"지금까지 정말 고마웠어, 모토미야."

"너랑 만나서 나는 무척 행복했어."

"이제 나는 아무 미련도 없어."

그렇게 끝을 향해 이어지는 단어의 나열을, 나는 바라봤다. 유에는 끝을 받아들인 듯 온화한 표정이었다.

사라지는 것이 두려워서 죽음을 구원이라고 말하던 유에의 결심은 어디까지나 조용하고 평온했다. 그것은 마치 머리 위에서 흔들리는 보름달을 닮아 있었다.

"……."

유에가 사라진다. 그 사실을 실감하게끔 하는 말들을 앞에 두고 내 눈꼬리에서 눈물이 한 방울 흘러내렸다.

사라지지 않기를 바랐다.

계속 같이 있고 싶다고 생각했다.

영원히 소중히 여길 수 있기를 바랐다.

그런 내 바람은 이뤄질 수 없다는 사실을 깨달았다. 나의 눈물은 어쩔 수 없는 현실을 받아들이는 눈물이었다. 다리에서 힘이 빠진 나는 무릎을 털썩 꿇었다. 우는 얼굴

을 보이지 않으려고, 유에의 존재에 매달리듯이 그 무릎
에 얼굴을 묻고 꼴사나운 울음소리를 숨기며 조용히 울
었다.

그동안 유에는 어색한 손길로 부드럽게 내 머리를 쓰
다듬었다. 머리에서 전해지는 따뜻한 온기가 참을 수 없
을 만큼 편안해서 서서히 의식이 멀어진다. 피로와 수면
부족으로 나는 한계에 달해 있었다. 시야는 칠흑으로 뒤
덮이고 의식은 잠 속으로 빠져들었다.

꿈을 꿨다.

내 기억이지만 나의 기억 속에는 존재하지 않는, 그런
꿈을 꿨다. 한 소년이 한 소녀를 만나 사랑에 빠지는 이야
기였다.

소년은 마음에 품었던 소녀가 불치병에 걸렸다는 사실
을 알게 된다. 그 소녀를 구할 방법은 단 하나. 소녀를 행
복하게 해야 했다. 그러나 현실은 잔혹해서 소녀가 행복
해질수록 병은 악화했다. 소녀에게 줄 수 있는 구원과, 소
녀가 앓고 있는 병의 완치는 완전히 별개의 이야기였다.

소녀에게 유일하게 남겨진 구원은 죽음으로 맞이하는
행복 뿐이었다. 결국 소년은 소녀에게 행복을 주기로 했

다. 그렇게 소녀는 소년의 품 안에서 숨을 거뒀다.

그런 이야기였다.

꿈의 장면이 바뀌었다. 내 의식은 익숙한 장소에 있었다. 아직 꿈인가…? 커피 향기가 가득한 차분한 장소였다.

"오래간만이네요. 모토미야 씨."

마스터가 온화한 목소리로 나를 불렀다.

"마스터, 여기는 어디죠?"

꿈속인데도 자아를 유지한 상태로 대화를 나눌 수 있다. 이것이 흔히 말하는 자각몽이라는 사실을 눈치챘다.

"물론 카페죠."

"하지만 평소랑 분위기가 다른데요."

평소에 느꼈던 오싹한 느낌이 전혀 없다. 가게 내부는 똑같지만, 조명은 꺼져 있었다. 가게 안을 밝히는 건 창으로 들어오는 아침 햇살만이 유일했다. 따뜻한 빛이었다. 손님은 여전히 나 하나였지만, 이런 상황 때문인지 왠지 모르게 그리운 느낌이었다.

"여기는 내 기억 속이기도 하고 모토미야 씨의 기억 속이기도 합니다."

"이해가 안 되는데요."

꿈속이라는 건 이해했다. 하지만 다른 사람의 기억 속이라는 건 이해하기 어렵다.

"여기에 오기 전에 다른 꿈을 꾸지 않았나요?"

"아, 네. 불행한 연애 드라마 같은 꿈을 꿨어요."

"연애 드라마라. 참 웃기네요."

"그게 뭐 어쨌나요?"

"여기는 그 꿈의 연장선이라고 할 수 있습니다."

마스터는 그렇게 말했다.

"그런데 왜 제가 그런 꿈을 꿨을까요?"

"그 꿈을 일종의 데자뷔라고 생각하시면 됩니다. 꿈이면서 현실이고, 앞으로 일어날 가능성이기도 합니다."

막연한 꿈이었다. 그러나 그 꿈은 분명히 익숙하기도 했다. 마지막에 소녀가 숨을 거두는 장면 외에는 전부 내 체험과 비슷했기 때문이다.

"그렇다면……."

"네. 당신과 같은 길을 간 사람이 또 존재했다는 뜻이죠. 저는 지금까지 여러 인생의 표류자를 봐왔으니까요. 그런 사람도 있었답니다."

"그 사람은 어떻게 했나요? 소녀에게 행복을 줬다고 했으니 그 소녀는 사라졌나요?"

"결론부터 말하자면 결국 소녀는 세상을 떠났습니다. 소녀는 미나세 유에와 증상이 비슷했지만, 그 원인은 소원의 대가가 아니라 병이었거든요."

"왜 그런 이야기를 제게 꿈으로 보여줬나요. 제가 지금 무슨 얘기를 들어도 유에는 돌아올 수 없잖아요."

"모토미야 씨가 후회하지 않기를 바라기 때문이죠."

"네?"

"그 사람은 계속 후회했다고 말했거든요. 소녀에게 해야 할 말을 못 한 채 떠나보냈다고요. 그러니 자기와 같은 일을 겪을 법한 사람이 있으면 조언해달라고 했어요. 이것도 그 사람의 소원 중 일부랍니다."

"해야 할 말이요…?"

"네. 아무리 마음에 품고 있어도 입 밖으로 꺼내지 않으면 전해지지 않아요. 그리고 그건 그 사람이 존재할 때만 전할 수 있는 거죠. 그러니 말할 수 있을 때 말하지 않으면 분명히 후회하게 된다고, 그 사람은 항상 말했어요. 후회를 남기고 싶지 않다며 여기까지 와서 소원을 빌었죠."

이 카페를 찾아올 만큼 거대한 후회. 그런 것을 남긴 채 안녕이라는 말을 할 수는 없다. 내가 유에에게 해야 하는 말, 하고 싶은 말이 무엇인지 잘 생각해야 한다.

"그나저나 모토미야 씨. 지난번에 이 가게에 왔을 때 커피를 안 마셨죠?"

"네. 안 마셨어요."

"역시 그랬군요. 당신이 모토미야 씨라는 사실을 알아챘을 때 문득 그런 생각을 했거든요."

"그런데 저는 커피를 마시지 않았는데도 그 메뉴가 보였어요. 그런 일이 가능한가요?"

"그것은 모토미야 씨가 이미 이곳에 와서 한 번 소원을 빌었기 때문입니다. 아마 커피를 싫어하셨죠? 그래서 안 마셨군요."

마스터가 유쾌하게 웃었다.

"무엇보다 모토미야 씨의 소원은 아직 이뤄지지 않았답니다."

마스터는 내가 예전에도 이곳에 찾아와서 소원을 빌었다고 말했다. 내가 과거에 가족을 잃고 절망했을 때 이곳을 찾아왔나? 그렇다면 나는 그때 어떤 소원을 빌었을까.

"저는……."

"어떤 소원을 빌었는지 궁금하세요? 하지만 그건 말할 수 없어요. 다만 그 소원이 수리된 이상 언젠가 반드시 이뤄질 겁니다. 그러니 안심하셔도 됩니다."

그렇다고 한다.

내가 유에게 해야 하는 말. 그것을 마음 깊은 곳에서 끌어올려 입 밖으로 내야 한다. 하지만 깊이 생각하지 않아도 내 감정은 알고 있다. 나는 미나세를 계속 웃게 하기로 결심했다. 그렇다면 내가 해야 할 말은 단 하나다.

"자, 이제 꿈에서 깰 때네요. 이제 나머지는 당신에게 달렸습니다."

"네. 제 말로 전할게요."

줄곧 알고 있었다. 단지 그 거대한 감정의 흐름에 집어삼켜지는 것이 두려웠을 뿐이다. 지금은 '전하고 싶다'라고 진심으로 생각한다.

자, 가자. 끝없이 부풀어 오르는 이 마음을 전하기 위해. 너라는 색을 찾기 위해.

제6장

달과 태양

눈을 뜨자 익숙한 천장이 보였다.

나는 내 집의, 내 방의, 내 침대에서 자고 있었던 것 같다. 하지만 나는 분명히 병원에서 유에와 함께 크리스마스를 보냈다.

옥상에서 그런 이야기를 했는데. 그런데 왜 내 방에 있을까? 책상 위의 휴대폰이 반짝였다. 나는 일어나서 비틀대는 몸을 이끌고 책상까지 이동했다. 메시지 한 통이 보였다. 아오이가 보낸 메시지였다.

✉️오빠가 피곤했는지 잠들었길래, 무카이 선생님께 부탁해서 집에 보내달라고 했어. 감기 때문에 열이 나는 것 같으니까

아무래도 열이 났나 보다. 그러고 보니 몸이 무겁다. 나는 ✉️고마워. 라고 답장을 보낸 후 휴대폰을 닫으려던⋯ 그때. 홈 화면에 표시된 시간과 날짜가 눈에 들어왔다. 시간은 오후 두 시. 그리고 날짜는 12월 31일이었다.

"어, 어째서?"

나는 서둘러 병원으로 향할 준비를 했다. 비틀대는 몸을 신경 쓸 겨를이 없었다. 월말이다. 유에에게 무슨 일이 생길지 모른다. 나는 집을 뛰쳐나오며 잇따라 전화를 두 통 걸었다. 처음은 택시를 부르기 위해, 다음은 아오이에게 전화를 걸었다.

"아오이!"

"오, 오빠, 괜찮아? 닷새 동안 계속 잠만 잤는데⋯⋯."

"유에는! 유에는 어때?"

"유에? 그게 누구야?"

⋯어떻게 된 거지?

"아오이는 지금 어디야?"

"지금 친구 집이지. 오늘 자고 갈 거야. 친구랑 새해를 맞이하는 건 처음이라 너무 설레."

"병원은?"

"병원? 오빠, 아까부터 무슨 소리야? 잠이 덜 깼어?"

…말도 안 된다.

"미안, 이만 끊을게. 다 같이 외출해야 해서. 밥 잘 챙겨 먹어. 내일 저녁 때 보러 갈게."

"그, 그래……."

어떻게 된 거지? 어쨌든 지금은 먼저 병원에 가야 한다. 나는 택시를 타고 30분 후에 병원에 도착했다. 평소처럼 계단을 올라 303호로 향했다.

병실에 도착하고 두 번 노크하며 내가 왔음을 알렸다. 유에가 목소리를 잃고부터는 말을 거는 대신 내가 두 번, 아오이가 세 번, 병원 직원이 한 번 노크하며 누가 왔는지 알리곤 했다. 나는 눈앞의 슬라이드 도어를 열었다.

"…어째서."

항상 유에가 앉아 있는 303호 침대는 텅 비어 있었다. 새것처럼 깔끔하게 정돈된 이불에서는 생활감이 전혀 느껴지지 않았다.

"저기요!"

나는 유에를 담당하던 간호사 다카오카 씨에게 말을 걸었다.

"네, 무슨 일이세요?"

"303호에 입원한 미나세 유에 씨는 어디에 있나요?"

"미나세 씨요? 죄송하지만 그런 이름의 환자는 이 병원에 안 계세요."

"그럴 리가 없어요. 다카오카 씨가 담당한 환자라고요!"

"제가 담당하는 환자 중에 그런 이름을 가진 분은 안 계세요. 그리고 병원 안에서는 조용히 해주세요."

다카오카 씨의 장난스러운 평소 모습에서는 상상할 수조차 없을 만큼 퉁명스러운 대답이었다. 아무래도 나조차 기억하지 못하는 것 같았다.

나는 도망치듯이 병원을 떠났다.

행복해지고 싶다는 유에의 소원이 이뤄지면 그 대가로 유에는 사라진다.

사라진다는 말의 의미를 나는 이제야 이해했다. 그 말의 의미는 죽음이 아니었다. 존재의 소실이었다.

병원 사람들도, 친구인 아오이조차도 유에를 기억하지 못했다. 아니, 아예 모르는 듯했다. 유에라는 존재가 이 세계에서 사라지려 하고 있었다. 유에가 존재했다는 흔적까지, 전부 다. 그것은 뒤바꿀 수 없을 만큼 명확한 사실이었다.

하지만 나는, 나만큼은 아직 유에를 기억하고 있다. 그렇다면 유에는 아직 이 세상에서 완전히 사라지지 않았다는 뜻이다.

나는 유에를 찾기 위해 온 거리를 헤맸다. 제일 처음에 향한 곳은 유에가 자주 갔다던 언덕이었다. 그러나 유에는 없었다.

그때부터 짚이는 곳은 전부 찾아갔다. 쇼핑몰, 노래방, 오락실, 유에의 부모님이 잠든 묘지와 유에의 집에도 갔다. 미로 같은 주택가도 시간을 들여 찾아다녔다. 닫혀버린 학교 안, 함께 우산을 쓰고 걸었던 길. 유에와 함께 갔던 장소를 전부 찾아다녔다.

하지만 어디에도 유에의 모습은 없었다.

다만 유에와 함께 걸었던 장소를 지날 때마다 유에와의 기억이 하나씩 사라지는 것만 같았다.

"이대로는 안 돼."

이대로는 마스터가 말했던 사람처럼 후회하게 된다. 아오이와 무카이 선생님, 마스터가 응원해 준 그 마음을 헛되이 할 수는 없다. 유에의 마지막을 반드시 내가 지켜야 한다. 오직 나만이 유에를 행복하게 할 수 있으니까. 마지막까지 내가 유에를 행복하게 해야 한다.

나는 오랜 시간에 걸쳐 겨우 내 마음의 정답을 찾았다. 계속해서 부풀어만 가는 이 감정을, 심장을 빠르게 뛰게 하는 이 감정을, 어떻게든 너에게 전해야 한다.

휴대폰으로 시간을 확인했다. 올해가 끝나기까지 이제 남은 시간은 한 시간이다. 유에는 벌써 사라진 걸까. 그렇게 생각한 순간.

나는 여기에 있어.

나를 부르는 유에의 목소리가 들리는 것 같았다.

뒤돌아보니 시선 너머로 어둠을 밝히는 은백색의 달이 비춘다. 그 아래로 그때의 그 언덕이 보였다.

유에, 거기에 있어…?

"지금 갈게."

나는 보름달이 내려다보는 밤의 거리를 달렸다.

"헉… 헉……"

어깨를 들썩였다. 감기가 아직 덜 나은 몸으로 겨울의 밤하늘 아래를 달리는 일은 무리였나 보다. 열이 더 심해졌다. 지금 당장 쓰러져도 이상하지 않은 상태였다.

"헉……. 유에, 여기에 있지?"

나는 아무도 없는 언덕에서 내가 낼 수 있는 가장 큰

목소리로 몇 번이고, 몇 번이고 유에의 이름을 불렀다. 벤치 두 개가 놓인 언덕에는 내 목소리만 울려 퍼졌다. 대답은 없었다. 주변을 걸으며 계속 이름을 불렀다. 그러다 언덕의 중심 부근, 예전에 그렸던 그림 속의 유에가 서 있었던 장소 근처에서 묘한 위화감이 느껴졌다. 포근한 위화감이었다.

나는 그곳을 향해 천천히 손을 뻗어 위화감의 정체를 꼭 쥐었다. 그러자 내 손가락 사이로 확실한 감촉이 느껴졌다.

"유에, 여기에 있어?"

대답은 돌아오지 않았다. 다만 누군가가 내 손을 꼭 잡는 느낌이 전해졌다. 나는 눈앞의 공간을 끌어안았다.

"앗."

그리운 목소리였다. 그것은 내가 줄곧 기다리던 목소리였다. 얼마 만에 이 목소리를 들었을까.

"유에."

차츰 품 안의 인물이 모습을 드러냈다. 끌어안은 내 왼손에서는 머리카락의 감촉이, 오른손에서는 가느다란 허리, 갈비뼈 근처에서는 부드러운 감촉이 느껴졌다.

그것은 나라는 한 명의 인간이 인식하여 실재하는 듯

한, 덧없지만 확실히 내가 바라던 미나세 유에였다.

"…모토미야."

"늦어서 미안해."

"그러니까. 나 계속 여기서 기다렸어."

언젠가 나눴던 대화였다. 팔에서 힘을 빼고 유에의 얼굴을 보려고 했다. 그러나 유에는 내 행동을 허락하지 않았다.

"떨어지지 마……. 떨어지면 추워."

환자복을 입은 유에는 보란 듯이 몸을 떨었다.

"그래도 난 유에의 얼굴을 보고 싶어."

"싫어. 안 보여줄래."

"왜?"

"분명히 울 테니까."

"운다는 건 좋은 일이야."

"하지만 마지막 정도는 웃고 싶어."

우는 얼굴이어도 마음으로 웃을 수만 있다면 괜찮다. 그런 생각이 들었다. 그게 바로 웃으면서 이별한다는 것이리라.

"이대로는 웃는 얼굴도 못 보는데."

"…그렇, 지."

유에는 한 걸음 떨어져서 내게 모습을 보여줬다. 울고 있었다. 하지만 눈물은 땅에 떨어지기 전에 보름달의 빛을 반사하며 사라졌다. 흐르던 눈물이 공중에서 사라졌다. 눈물의 흔적조차 남기지 않기 위해, 세계가 유에의 눈물을 지우고 있었다.

"나, 전부 기억났어. 왜 내가 이런 일을 겪는지, 왜 모토미야를 만날 수 있었는지 전부 기억났어."

유에는 그렇게 말했다. 이제 더할 나위 없이 행복하니 곧 사라진다고. 그러기 전에 운명을 떠올렸다고.

"나는 이제 진심으로 행복해. 물론 지금도 사라지는 건 두렵지만. 하지만 역시 모토미야는 나를 발견했잖아. 그러니까 괜찮아."

"그래도 뭔가 미련이 있을 텐데. 혹시 하고 싶었지만 하지 못한 일은 없어?"

비참하다고 해도, 나는 자꾸만 유에가 이 세계에 남을 수 있도록 유에의 미련 같은 것을 찾게 된다.

"…아무래도 인간으로서 내가 살아 있었다는 증거인 자손을 남기고 싶었어."

유에가 장난을 치듯이 밝게 웃었다.

"어, 음, 그, 그건 좀……."

"농담이야. 살짝 놀리고 싶어졌거든."

"깜짝 놀랐잖아."

"후후, 반응이 좋네."

나는 이 미소조차 잊게 될까. 이제 곧 유에는 내 기억에서도 사라질까.

"마지막으로 나랑 하고 싶은 일이 있어? 지금이라면 어떤 부탁이든 들어줄 수 있는데. 혹시 있다면 말해줄래?"

부탁이라……. 같이 하고 싶은 일은 많지만, 지금 여기서 할 수 있는 일은 한정된다. 나는 확실히 유에가 나라는 존재를 인식하기를 바랐다. 그것이 내 부탁이었다.

"그러면 내 이름을 불러줘."

"모토미야."

"아니. 성 말고 이름으로 불러줘."

"모토미야는 이름이 뭐야…?"

"뭘까?"

"이름을 맞추는 건 너무 어려운데."

"유에라면 틀림없이 맞출 수 있어."

"그러면… 내가 유에니까, 호시(星)?"*

---

* '별'을 뜻한다.

"내가 그렇게 귀여워 보여?"

"아니, 그건 아니지."

"그렇지. 나도 그건 조금 무리가 있다고 생각해."

"그러면 지큐(地球)?"*

"사람 이름에서 많이 멀어졌네……."

"후후, 지구라는 이름도 예쁘지 않아?"

"파랗고 아름다운 별이라는 면에서는 멋지지만, 모처럼이니 나는 더 스케일이 크고 사람다운 느낌이 드는 이름이 좋은데."

"그러면… 다이요(太陽)."**

"응, 정답이야."

"…그렇구나. 모토미야의 이름은 다이요였구나."

"그렇게 큰 남자가 아니라서 내게는 과분한 이름이라고 생각해?"

"아니, 전혀 그렇지 않아. 유에라는 이름의 여자아이를 끝까지 비춰줬잖아."

"그렇게 생각해 준다면 다행이고……."

---

* '지구'를 뜻한다.
** '태양'을 뜻한다.

"다이요······."

"맞아. 나는 다이요. 미야모토 다이요야."

"조금 놀랐어."

내가 유에의 이름을 듣고 놀랐듯이 유에도 지금 내 이름을 알고 조금 놀란 기색이었다. 항상 나를 놀리던 유에에게 소소한 복수를 했다고 생각하며 나는 웃었다.

"후후, 우리는 달과 태양이었구나."

"그러게."

"그럼 이름으로 부를게, 다이요."

"···응."

"다이요."

"응."

"서로 닿을 수 없는 낮의 태양과 밤의 달. 정반대의 그림을 그린다는 점도 그렇고, 불꽃놀이 축제 때나 지금처럼, 함께할 수 없다는 점까지 우리랑 참 잘 어울리네."

그리고 유에는 마음을 정한 듯이 다부진 표정으로 말했다.

"밤이 지나면 달은 사라지잖아. 그러니까 태양이 대신 앞으로 걸어갈 길을 계속 비추는 거야."

"나는 못 해."

"아니야, 할 수 있어. 우리가 만난 그날부터 내 모든 날을 계속 비춰줬잖아."

유에는 아무 걱정도 없다는 표정으로 단호하게 말했다. 확신으로 빛나는 미소를 지으며.

"곧 새해가 밝겠네……. 이제 나와 헤어질 시간이야."

"그렇구나."

"응."

나는 아직 제대로 전하지 못한 말이 있다. 말해야 한다. 단 두 글자뿐인 말이 이렇게나 무겁다.

"다이요, 나는 너를 만나서 행복할 수 있었어. 이 세상의 그 누구보다 행복했다고 자신 있게 말할 수 있어. 그러니까 다이요도 행복해져야 해. 이게 내 마지막 부탁이야."

갑자기 유에의 몸이 빛났다. 흐릿한 빛에 감싸여 하늘로 조금씩 사라져 간다.

"나는 사라져서 누구의 눈에도 보이지 않겠지만, 그래도 곁에서 다이요를 지켜볼 거야. 그러니까 약속 꼭 지켜."

마지막 부탁. 그것은 집에서 과거 이야기를 들을 때, 유에가 말하기 전에 제시한 약속이었다. 결코 어겨서는 안 되는 약속.

내 부탁을 하나 들어준다고 약속해 줘.

그렇게 말했다. 하지만 나는 너 없이는 행복해질 수 없어……. 어디에도 보내지 않겠다는 듯이, 제발 여기에 있어 달라는 듯이 꽉 끌어안았다.

빨리 말해. 후회하지 않도록 마음을 전해.

"나는 너를…!"

유에의 존재가 흐려진다는 사실이 싫어도 느껴졌다. 서서히 빛으로 변해 사라져 간다. 나는, 나는, 나는.

유에를 좋아한다.

다음 순간, 유에를 안고 있던 내 팔이 허공을 스쳤다. 내게서 멀어져 하늘에 날리는 빛이 미소 지으며 나를 지켜보는 것 같았다. 오늘 밤의 보름달은 유난히 강하게 빛나서 아름다웠다. 하지만 너는 보름달보다 더 아름다웠다. 아름답게 살았다.

"달이 참 예쁘네."

나는 다시 한번 너를 좋아한다는 의미를 담은 말을 되뇌었다. 너는 내 마음을 채운 어둠을 달빛처럼 비춰줬다. 나는 네 구름 낀 마음속에 햇살을 비췄을까? 그랬으면 좋겠다.

제7장

그날의 소원

나는 일주일 정도 학교 근처 병원에 입원했다. 마침 병실이 비어서 바로 입원할 수 있었다. 내가 병원 근처에 쓰러져 있었다고 한다. 당시 기억은 흐릿하지만, 아오이가 고열로 쓰러진 나를 발견해서 병원에 데려갔다고 들었다.

　아오이는 친구와 첫 참배를 하러 갔다가 멋대로 발길이 병원으로 향했고, 어찌할 바를 모른 채 병원 근처까지 와버렸다고 했다. 왠지 모르지만, 그 병실이 아주 익숙하게 느껴져서 편하게 지낼 수 있었다. 이름을 밝히지도 않았는데 간호사는 "모토미야 군, 또 왔구나."라며 말을 걸었다.

나는 환자임에도 불구하고 왠지 모르게 침대보다 침대 옆에 놓인 동그란 의자에 앉아 있는 편이 더 마음이 편했다. 내 병실은 303호였다. 병실 번호를 보면 무의식적으로 문을 두 번 노크하게 된다. 묘한 느낌이었다. 아오이도 왠지 모르게 세 번 노크하고 들어오기도 했다.

어쨌든 나는 무사히 퇴원했다.

그 후에 눈이 내리고, 쌓인 눈이 녹으며 벚꽃이 싹을 틔웠다. 계절은 우리를 남겨두고 바쁘게 지나갔다. 만남의 계절을 맞이한 나는 고등학교 2학년이 됐다.

그렇지만 딱히 친구가 생기지는 않았다. 여자친구는 언감생심이었다. 학교에서 대화하는 상대는 같은 반이 된 아오이뿐이었다. 나는 여전히 매일 홀로 그림을 그린다.

작년처럼 내 옆자리가 비어 있지는 않지만, 습관 때문인지 방과 후에는 동급생들이 귀가한 빈자리를 바라보고 상상하며 작년처럼 그림을 그렸다. 내 일상에 부족한 무엇인가를 채우려는 듯 그저 그림만 그렸다.

내가 2학년이 되고부터 두 달이 지난 6월 하순이었다.

계속 비 오는 날이 이어지는 가운데, 그날은 햇살이 얼굴을 보여 기분 좋게 그림을 그릴 수 있었다. 그러나 멍청하게도 그림을 완성할 때 쓰는 연필을 집에 두고 와버렸다는 걸 뒤늦게 깨달았다. 모처럼 노을이 예쁜 날인데.

나는 노을을 그릴 수 있는, 흔치 않은 기회를 놓치지 않기 위해 연필을 빌리기로 했다. 빌린다고 했지만, 외톨이인 내가 친구에게 빌리러 갈 리는 없다. 학교로부터 빌리는 것이다. 무카이 선생님에게 받은 열쇠를 들고 미술실로 향했다. 교실 문은 만일을 대비해 닫아뒀다. 2학년 교실과 같은 층에 있는 미술실에 도착해서는 바로 열쇠를 열고 안으로 들어갔다. 그곳은 예전과 달리 청결한 교실이었다. 연도가 바뀔 때 무카이 선생님이 대청소를 했다고 한다. 나는 원하는 연필을 발견해서 손에 쥐고 미술실을 나섰다.

왔던 길을 되돌아가서 교실 앞에 도착하자 닫혀 있는 교실 문이 어색하게 느껴졌다. 하지만 교실을 나설 때 내가 문을 닫았다는 사실은 떠올리지 못했다.

문을 열자, 순간 사람의 그림자가 보인 듯한 착각에 빠졌다. 가녀린 실루엣의 익숙하고 아름다운 형태였다. 그러나 현실의 교실에는 아무도 없었다.

쓸데없는 생각을 머리에서 지우고 책상으로 돌아갔다. 빨리 그림을 완성하고 집에 갈 생각이었다. 그러나 나는 내가 그리다 만 그림을 보고 깜짝 놀랐다. 그림 속의 소녀는 학교의 빈자리를 모델로 그렸음에도 교복이 아닌 원피스를 입고 있었다. 허리에는 파란 허리띠 같은 리본을 두르고 머리에는 밀짚모자를 쓰고 있다. 모자에 숨겨진 머리카락은 흰색이다.

너무나도 아름다운 소녀였다.

어라? 무언가 중요한 것을 잊은 듯한 기분이다. 머릿속의 이 흐릿한 기억은 뭘까.

유에를 좋아한다.

문득 떠오른 말을 머릿속으로 반추했다. 다시는 잊지 않기 위해.

"유, 에…?"

내 기억 속에 가장 강렬하게 남아 있는 단어를 입에 담았다. 익숙한 발음이었다. 그때, 책상 끝에 낙서 같은 글을 발견했다.

책상 끝에 적힌 낙서치고는 무척 정성스러운 글자로 쓰인 메시지가 그곳에 있었다. 그 필적이 무척 그녀다워서 나도 모르게 미소를 지었다.

저도 당신을 좋아해요.

그렇다. 지금 왼쪽 빈자리에서 들린 말이 쓰여 있었다.

"드디어 만났네……. 다이요."

내가 왼쪽을 돌아보자 그곳에는 그림 속의 소녀가, 내가 좋아하는 사람이 있었다. 당연하다는 듯이 이곳에 있었다. 투명한 모습이 아닌, 확실한 존재를 갖고 이곳에 있었다.

"늦었잖아, 유에."

"미안해."

"보고 싶었어, 유에."

"나도, 다이요."

원피스를 입은 유에는 그 투명한 눈동자로 나를 꿰뚫을 것처럼 바라보고 있었다. 마치 내 존재를 확인하는 듯한 눈빛이 느껴졌다.

눈앞의 소녀에게서 느껴지는 숨결, 희미하게 느껴지는 샴푸 향기, 나를 바라보는 투명한 눈동자. 그 전부가 내게 확고한 존재감을 전달했다.

유에를 만나고 함께 지내며 일희일비한 시간의 기억이 주마등처럼 되살아난다. 유에와의 만남부터 이별까지 모든 기억이 떠올랐다.

동시에 그날, 내가 모든 가족을 잃은 공백의 시기에 그 카페에서 "이제 다시는 소중한 사람을 잃고 싶지 않다."라는 소원을 빌었던 일까지 지금 여기서 떠올렸다.

혼자였던 나의 소원은 유에를 다시 만나는 형태로 이뤄졌다.

아. 아직 유에에게 돌려주지 못한 물건이 있지. 나는 가방에서 이곳에는 존재하지 않는 물건을 꺼냈다. 1년 전에 넣어뒀을 때와 똑같은 형태로, 갑갑한 가방 안에 들어 있었다.

"유에, 늦었지만 이거 돌려줄게."

"아, 밀짚모자. 다이요가 가지고 있었구나."

작년 이맘때 우리가 만난 날, 내가 그리던 그림 대신 유에가 두고 간 밀짚모자다. 유에는 내게서 1년 만에 분실물을 건네받았다.

"고마워, 다이요."

유에는 건네받은 모자를 갑자기 내 머리에 씌웠다. 내 시야를 가리듯이, 머리가 아니라 얼굴에 씌워버렸다.

"보답이야……."

그렇게 말하며 내 시야를 가린 유에는 불시에 입을 맞췄다.

내가 좋아하는 사람은 처음 만났을 때와 달리 진심으로 웃고 있었다. 눈물을 흘리는 대신 그저 행복한 모습으로 웃고 있었다.

그날의 내 유일한 소원은 지금 여기서 이뤄졌다.

에필로그

"다이요. 좀 더 오른쪽으로 가줄래?"

"알았어."

나는 유에의 지시에 순순히 따랐다. 업무 상태에 돌입한 유에는 다른 사람처럼 갑자기 무서워진다. 오늘은 유에가 좋아하는 언덕 위에서 오래간만에 그림 모임을 열었다. 어둠 속에서 밝게 빛나는 동그란 달이 흩날리는 밤의 벚꽃을 비추는 풍경은 무척 환상적이었다. 달빛을 반사하는 벚꽃잎이 신비롭게 빛나는 듯했다. 확실히 그림 같은 풍경이라고 생각하며 나는 고개를 끄덕였다.

"좀 더 오른쪽으로… 스톱! 너무 많이 갔어! 제대로 말 좀 들어줘, 다이요!"

"미안해."

"그대로 가만히 있어."

그날, 유에가 돌아오고부터 3년이 지났다.

그림을 계속 그리기로 한 나는, 지금 미술 전문학교에 다니고 있다. 색채가 없는 그림은 업계에서 통하기 어려웠지만, 나와 유에를 이어준 그림 기법을 바꾸기엔 망설여졌다. 하지만 색채를 쓰는 방법을 유에가 직접 알려주겠다고 했으므로 나 자신을 바꾼다는 의미를 담아, 앞으로 나아가는 시간과 미래를 담아, 나는 새로운 길을 걷기로 했다.

유에는 자신과 가족을 찢어 놓은 화가로서의 일을 다시 처음부터 시작했다. 처음에는 많은 갈등이 있었지만, 과거에 휘둘리고 싶지 않다는 생각과 무엇보다 나와 함께한다는 생각에 금세 내가 동경하는 모습으로 돌아왔다.

그런 사람에게 그림을 배우고 있는 지금의 나는 세상에서 가장 행복한 사람이다.

소중한 사람을 잃고 싶지 않다는 소원은 유에를 내게 다시 돌려주는 데에서 그치지 않고 유에에게 꼭 필요한 시각의 색을 되돌려줬다. 머리카락과 피부의 색은 아직 돌아오지 않아서 여전히 하얗지만, 본인은 "피부도 머리카락도 하얀 편이 더 예쁘잖아!"라며 긍정적인 모습을 보인다. 그러니 이제 그 카페의 소원에서 시작된 악영향은 기의 남아 있지 않는 셈이다.

우리는 예전처럼 아래를 보는 대신 앞을 보며 걷고 있다.

"유에는 지금 행복해?"

유에가 걸어온 길은 무척 고독해서 일반적인 관점에서 볼 때 행복하다고 할 수 없다.

"응, 무척 행복해."

하지만 유에는 망설이지 않고 지금 행복하다고 말했

다. 조금도 거리낄 것 없이, 그렇게 단언했다.

"그럼 유에는 평범하지만 장수하는 인생이랑, 행복하지만 단명하는 인생 중에서 어느 쪽을 고를래?"

"…그야 말할 것도 없지."

유에는 물감을 칠하던 손을 멈추고 나를 빤히 보면서 당연하다는 듯이 말했다. 모두가 고민하며 쉽사리 답을 내놓지 못하는 질문에, 유에는 당당하게 조금의 망설임도 없이 말했다.

"둘 다야."

"어?"

"오래 살고 행복한 인생을 고른다고."

"그건 안 되지. 나는 그런 선택지를 제시하지 않았잖아."

"그게 무슨 상관이야."

"하긴, 아무 상관도 없지."

"그래. 그렇게 생각하면 현재를 더 행복하게 살 수 있으니까."

그렇게 말하는 유에는 미래에 대한 희망으로 가득 찬 미소를 짓고 있었다. 거침없이 오직 행복과 미래만을 바라며.

"다이요."

"왜?"

"앞으로도 계속 내 곁에… 있어줄래?"

"응. 당연하지."

"후후. 그러면 나는 계속 행복할 거야. 내가 좋아하는 그림을 그리고, 내가 좋아하는 다이요의 곁에 있다면 나는 누구보다 행복할 수 있어."

유에는 천지가 뒤집혀도 내 입에서는 나올 수 없을 낯간지러운 말을 자연스럽게 해냈다.

"다이요, 얼굴 돌리지 마. 조금만 더 하면 완성하니까 가만히 있어."

"…미안."

부끄러운 내 마음은 안중에도 없나 보다.

"지금 그리는 그림도 전시회에 출품할 거지…?"

유에는 다시 시작한 화가로서의 일에 의욕을 갖고 적극적으로 임하고 있다. 물론 기쁜 일이지만, 나를 모델로 그린 그림이 전시되고 다른 사람들이 그걸 볼 거라고 생각하니 꽤 부끄럽다. 생각만 해도 체온이 올라가서 뺨이 붉어졌다는 사실을 알 수 있을 지경이다.

"물론이지."

붓을 움직이는 유에의 표정을 보니 "내 연인을 모든 사람에게 자랑할 거야."라는 말이 들리는 것 같았다.

"그렇다면 작품명을 정해야 하지 않을까?"

"그건 이미 정해뒀어."

"그래?"

"응, 이 그림의 제목은……."

방금 완성된 그림. 밤의 벚꽃이 흩날리는 가운데 내게 기대듯이 밤하늘을 비추는 커다란 달이 그려진 그림. 유에는 그것을 내게 보여주며 말한다.

"달과 태양."

보름달이 뜬 밤에 너를 찾다

ⓒ 2024, 후유노 요조라

초판 인쇄 ǀ 2024년 12월 2일
초판 발행 ǀ 2024년 12월 9일

지 은 이 ǀ 후유노 요조라
옮 긴 이 ǀ 김지혜
펴 낸 이 ǀ 서장혁
편   집 ǀ 성유경
디 자 인 ǀ 이새봄

펴 낸 곳 ǀ 토마토출판사
주   소 ǀ 서울시 마포구 양화로161 케이스퀘어 727호
T E L ǀ 1544-5383
홈페이지 ǀ www.tomato4u.com
E-mail ǀ story@tomato4u.com
등   록 ǀ 2012. 1. 11.
I S B N ǀ 979-11-92603-65-0 (03830)